KB166392

유럽
가족
소풍

믿음이란 한 알의 밀알이 땅에 떨어져 죽음으로 많은 열매를 맺음과 같이
진리의 열매를 위하여 스스로 죽는 것을 뜻합니다. 눈으로 볼 수는 없으나
영원히 살아 있는 진리와 목숨을 맞바꾸는 자들을 우리는 믿는 이라고 부릅니다.
「믿음의 글들」은 평생, 혹은 가장 귀한 순간에 진리를 위하여 죽거나 죽기를 결단하는
참 믿는 이들의, 참 믿는 이들을 위한, 참 믿음의 글들입니다.

유럽 가족 소풍

느린 시간을 살아가는 아이와 90일간의 여행 —

문지희 지음 —

홍성사.

가족의 의미를
다시 알려준 유럽 소풍

엄마로 살아가는 것은 전에 경험해 보지 못한 일의 연속이었다. 첫아이를 임신했을 때, 나는 내가 '제3의 인간'이라는 생각을 했다. 남자도 아니고, 그렇다고 지금까지 살아온 여자로서의 '나'도 아닌, 완전히 또 다른 존재 같았다. 아이가 태어난 후에도 그저 모르는 일투성이였다. 매일 다른 엄마들의 경험담을 찾아 인터넷 카페와 블로그를 들락거리고 이런저런 책들을 뒤적여 가며 좌충우돌했다.

아이를 데리고 난생 처음, 치료 센터라는 곳의 문을 열던 날도 잊을 수 없다. 이런 곳에 발걸음을 할 일이 생기리라곤 단 한 번도 상상한 적이 없었는데……. 병원에 가서 검사와 진단을 받고, 아이 치료비를 위해 바우처를 만들었다. 그리고 주민 센터에 찾아가 아이의 장애인 등록을 하면서, 나는 내가 그토록 바라던 평범하고 예측 가능한 삶에서 벗어나 끝을 알 수 없는 컴컴한 터널 앞에 서 있는 막막함을 느꼈다.

그 터널의 입구에서 채 몇 발자국도 떼지 않았을 때, 우리 가족은 90일 동안 유럽으로 떠나기로 결정했다. 말로는 잘 표현되지 않는 아이의 생각과 감정들을 알고 싶어서, 부모와 아이가

4

함께 헤쳐 나가야 할 긴 인생길의 출발점에서 아이와 보폭을 맞춰 걷고 싶어서였다.

　말도 못하고 기저귀도 안 뗀 연년생 아들 둘을 데리고 90일이나 남의 나라를 떠도는 여행은 물론 쉽지 않았다. 그 '출발'을 결정하는 것부터 여행의 모든 순간마다 종잡을 수 없는 체력과 다듬어지지 않은 감정들에 맞닥뜨려야 했다. 하지만 되돌아보니 90일간 하루하루의 시간들은 허투루 쌓이지 않았다. 아이의 웃음소리가 커졌고, 아이를 바라보는 부모의 눈빛에 따뜻함이 더해졌다. 여행의 추억이 격려가 되어, 오늘은 어제보다 조금 더 나은 부모가 되기 위해 노력하게 되었다.

　벌써 꽤 많은 시간이 흘렀다. 그 사이 아이는 몰라보게 자랐고, 여행은 끝났지만 일상은 계속되고 있다. 이 책에 담긴 나의 용기 그리고 이야기가 다른 누군가에게 작은 위로, 아주 작은 소망 한 줌이라도 건네줄 수 있기를 바라는 마음이다.

문지희

차례

슈방가우
루돌딩

바이에른

뮌헨

잘츠부르크
잘츠카머구트

린

프라하

소풍 전에

낯선 걸음 딛기

동병상련

"약 먹이기가 제일 힘들어요. 먹이면 뱉어 버리고, 먹이면 뱉어 버리고. 약 먹이는 시간이 거의 전쟁이에요."

"우리 아이는 편식이 너무 심해요. 먹는 음식 가짓수가 몇 개 안 돼요."

"우리 딸은 외출하는 걸 진짜 힘들어해요. 처음 가는 곳에 사람까지 많으면 너무 무서워해요."

집 근처 복지관에서 열린 한 강의 시간이었다. 또래보다 발달이 느린 아이를 키우고 있는 엄마들 열다섯 명 정도가 모여 총 다섯 번의 강의를 들었다. 내내 혼자 강의를 하던 강사가 질문 시간을 주자, 기다렸다는 듯 너도나도 자기 이야기를 쏟아 냈다.

"우리 아이는 높은 데 올라가는 걸 좋아해요. 아무리 말려도 소용없어요. 집에서도 책장, 서랍장, 옷장……. 위험한 걸 모르는 것 같아요. 밖에서도 자꾸 어딘가로 기어오르려 하고요. 베란다 쪽으로 나가는 게 제일 무서워요. 한시라도 눈을 떼면 언제 난간을 딛고 올라갈지 몰라서……."

'우리 아이는 겁이 너무 많아서 탈인데, 저 아이는 정반대구나. 적어도 우리 아이가 저렇게 위험한 일은 안 해서 천만다행이네.'

12

속으로 가슴을 쓸어내리면서 그 엄마를 바라보았다. 지치고 고단한 삶을 숨길 수 없는 팍팍한 얼굴. 그 엄마는 심장이 철렁 내려앉는 극도의 긴장감을 얼마나 자주 느끼고 있는 걸까.

내 노력과 사랑이 남들보다 모자라서 여태 아이를 잘못 키운 건 아닐까 자책했던 마음이, 그래도 조금씩 진정되는 중이었다. 나를 포함해 여기 앉아 있는 엄마들은 분명 노력하고 있었다. 보통의 평범한 아이를 키우는 데 드는 평균 에너지보다 적어도 몇 갑절은 많은 힘들을 쏟아붓고 있었다. 자식을 부둥켜안고 어떻게든 살아야 하는 엄마들은 오늘도 이렇게 공부를 한다며 모여 있었다. 여기서 뭐라도 좀 배워 가면 이 힘겨운 삶에 작은 숨통이라도 트이게 되려나, 하는 희미한 기대감 혹은 지푸라기라도 잡는 심정으로……

다른 엄마들의 하소연과 고민을 들으며 때로는 혀를 차고, 때로는 고개를 끄덕였다. 열다섯 명 남짓한 엄마들 사이사이로 동병상련의 감정들이 출렁출렁 떠다녔다. 분명 서로 축하해 주고 기뻐할 일은 아닌데, 기분이 나쁘지 않았다. 오히려 누군가 말없이 등을 토닥여 준 느낌이었다. 내 아이가 유별나서 키우기 힘들다고 얘기만 했는데, 강사로부터 속 시원한 해결책을 받은 것도 아닌데, 왠지 기분이 편안해졌다. 이상한 일이었다.

얼마 전까지만 해도 상상조차 하지 않던 일이었다. 그곳에 모인 엄마들 틈에서 뜻밖의 동지애를 느끼면서 위로를 받게 될 줄 말이다. 불과 몇 달 사이, 난 지난 35년 동안 내 삶의 울타리 안에 존재하지 않았던 '자폐' 혹은 '장애'라는 단어에 급속한 친밀감을 느끼고 있었다. 아! 이건 뭐지? 내 삶이 남들 다 다니는 큰길에서 벗어나 곁길로 들어서 버린 듯한 이 느낌은? 멈출 수도 없고 되돌아갈 수도 없는데, 난 어쩌다가 이 당혹스러운 꼬부랑길로 들어온 것일까? 이 길 끝에는 도대체 뭐가 있을까?

아이의
분리불안

겸이는 하나님이 우리 부부에게 주신 첫아이다. 결혼한 지 3개월 만에 바라던 임신을 했고, 아무 탈 없이 아이를 낳았다. 아이가 배 속에 있을 때, 앤드류 머레이의 《겸손》을 읽고 깊은 감명을 받아 아이 이름에 '겸(謙)' 자를 넣었다. 겸손하게 진리이신 예수님을 따르며 살라는 축복을 담았다.

겸이는 키도 큰 편이고, 몸무게도 적절했다. 대근육, 소근육, 언어, 인지, 사회성 모두 골고루 잘 발달했다. 친가와 외가 양쪽에서 첫 손자였기 때문에 할아버지 할머니들로부터 관심과 사랑도 듬뿍 받았다.

육아에 당연히 따라올 수밖에 없는 육체적 피로, 완전모유수유의 신봉자로서 마땅히 감당해야 할 수면 부족 등등의 어려움을 겪긴 했지만, 그런 것들은 아이의 해맑은 웃음소리, 귀여운 재롱 몇 번으로 이내 곧 사라졌다. 힘들 때면 '이 정도 고생도 없이 아이 키우는 엄마는 아무도 없을 거야'라고 스스로를 다독였다. 나름 교양 있는 엄마가 되고픈 마음에 육아 서적들을 읽으며 '아이 잘 키우기'에 전념했다.

감사하게도 겸이는 얌전하고 순한 편이었다. 남자아이였지

14

만 부산스럽지 않아서 같이 있는 시간이 별로 고되지도 않았다. 아이 키우는 일이 이 정도의 수고를 요하는 것이라면, 두세 명도 너끈히 키울 수 있을 것 같았다. 한 치 앞을 알 수 없는 인생인 줄도 모르고, 나는 이처럼 겁 없고 오만한 자신감 위에서 둘째 아이를 가졌다.

겸이가 육아의 본때를 진정으로 보여 주기 시작한 것은 동생이 태어난 후부터다. 이제껏 별 문제 없이 자라온 아이였기에, 동생도 큰 어려움 없이 의젓하게 받아들여 줄 거라 기대했었다. 하지만 이런 나의 예상은 완전히 빗나갔다.

내가 산후조리원에 있는 2주 동안, 난생 처음 엄마와의 분리를 경험한 겸이는 그 정신적 충격을 '분리불안'이라는 증상으로 표현하기 시작했다. 눈앞에서 잠깐이라도 안 보이면 울면서 엄마를 찾았고, 내가 어디를 가든지 다리를 잡고 따라다니며 떨어지지 않으려 했다.

그렇지 않아도, 연년생 두 아이를 키우는 일은 하나를 키울 때와는 차원이 다른 노동 강도를 안겨 주기 마련이다. 두 명 이상의 아이를 키우는 엄마라면 누구나 수긍할 것이다. 육아에 소모되는 정신력과 활동량을 계산할 때, 1+1이 결코 2가 아니라는 걸. 그런데 나를 좀 도와주었으면 하는, 그래도 클 만큼 컸다고 생각한 첫째가 허구한 날 내 바짓가랑이만 붙잡고 졸졸 쫓아다니려고 하니 점점 체력은 고갈돼 가고 빈약한 인간성도 슬슬 본색을 드러내기 시작했다.

나도 별 수 없는 이기적인 사람이었다. 몸이 피곤하면 할수록 다른 사람의 마음이나 형편을 헤아리는 일이 점점 더 힘들어진다. 그게 비록 내 몸으로 낳은 내 자식이라도 예외는 아니다. 정신없고 벅차기만 한 시간들을 보내며 그저 하루하루 버틴다는 생각으로 살았다.

커갈수록 더 심한 고집을 피우고, 조금씩 이상행동들을 보이기 시작했지만, 나는 아이를 찬찬히 관찰하거나 아이의 마음을 돌봐 줄 여유가 없었다. 오히려 겸이의 이상행동들은 내 인내심의 바닥을 드러내는 데 속도를 더하는 엑셀러레이터였다.

예민해도
너무 예민해

"겸아, 왜 그래? 옷은 갑자기 왜 벗어?"

"싫어, 싫어!"

"여기 소매 끝에 물 몇 방울 묻은 거? 괜찮아. 금방 말라."

"싫어, 싫어!"

"지금 다른 옷 없어. 여기서 옷을 벗으면 어떡해?"

"으으으 아아악!"

아이는 인상을 쓰며 기어코 옷을 다 벗어야 직성이 풀렸다. 정말로 딱 두세 방울 묻은 건데, 물 묻은 옷은 절대 입지 않으려 했다. 안 벗겨 주고 억지로 입혀 두면, 옷을 찢어 버릴 것처럼 잡아당기며 괴로워했다. 집 안에서야 괜찮지만, 사람 많은 거리 한복판에서 그럴 때는 정말 난처하기 짝이 없었다. 조금만 참으라는 내 말을 아이는 왜 귓등으로도 듣지 않는 걸까? 5분도 안 돼 금방 말라 버릴 물 몇 방울이 왜 이 아이에게는 물 폭탄이라도 맞은 것처럼 힘겨운 일일까? 내 상식으로는 도무지 이해가 안 되는 일이었다.

어느 날은 늘 가던 동네 대형 마트에 장을 보러 갔다. 둘째 민이는 등에 업고, 겸이는 평상시처럼 카트 손잡이 쪽 의자에 앉혔다. 물건들을 카트 안에 담고 있는데, 어떤 아저씨가 카트를 밀고 옆을 스쳐 지나갔다. 그 순간, 갑자기 아이가 펄쩍펄쩍 뛰며 울기 시작했다. 지나가던 아저씨가 깜짝 놀라 돌아서서 아이를 쳐다보았다. 옷자락이 스치는 정도의 아주 가벼운 접촉뿐이었는데, 이게 뭔 난리야 싶은 표정이었다. 그렇다. 보통 사람이라면 그렇게 몸부림을 치며 아파할 만큼의 자극이 아니었다. 하지만 겸이의 피부 감각 센서는 아주 작은 자극도 극대화시켜 받아들이는 기능만 작동 중인 것 같았다.

"겸아, 왜 그래? 응? 괜찮아. 진정 좀 해."

"아아악 으으으."

사람들의 낮 뜨거운 시선이 느껴졌다. 화끈거리는 얼굴로, 짐을 대충 챙겨 마트를 빠져 나왔다. 이제 겸이를 데리고는 동네 마트도 마음껏 갈 수 없는 신세가 된 것 같았다. 엄마인 나에게는 늘 달라붙어 떨어지지 않는 아이가, 다른 사람들과 부딪치거나 누가 머리라도 쓰다듬는 날에는 왜 그렇게 극도로 신경질적인 반응을 보이는지, 도대체 알 수가 없었다. 소리에도 어찌나 예민한지 갑작스럽거나 조금 큰 소리가 나면 귀를 막으며 도망치곤 했다. 보통 사람들이 듣기엔 별로 크지 않은 소리에도 심하게 괴로워했다.

편식이 심한 건 두말하면 잔소리였다. 언젠가부터 하나둘 먹지 않는 음식이 늘어나더니, 이젠 채소나 과일은 어느 것 하나 입에도 대지 않으려 했다. 과자도, 자기가 전에 먹어 본 것만 안심하고 먹었고, 처음 보는 제품이나 음식은 절대 입에 넣지 않았다. 같은 과자라도, 만약 크기나 모양, 색깔, 포장지가 바뀌면 먹지 않았다.

'다른 사람에게는 아무것도 아닌 일이, 왜 우리에겐 그냥 지나칠 수 없는 사건이 되는 걸까? 이 아이는 왜 이리 작은 일에도

18

겁에 질리고 공포에 떨며 괴로워하는 걸까? 이 별난 아이는 왜 이리 문제가 많지? 도대체 왜 이러는 거지?'

문제는 수십 개인데, 답은 하나도 모르는 시험지를 앞에 둔 학생 같았다. 아이의 특이한 행동들에 대해 남편과도 이야기를 나누고 힘들다는 하소연을 쏟아 놓곤 했지만, 우리 두 사람에게 서 해법 같은 것은 나오지 않았다. 그저 아직 아이가 어리니 좀 더 크면 나아지겠지, 그렇게 생각했다. 마음속에서 '뭔가 이상 해, 이건 좀 이상해'라는 불안한 생각이 전혀 들지 않는 건 아니 었지만, 그 생각의 끝이 어디인지 고민하고 싶지 않았다. 오히려 생각을 멈췄다. 더 고민하고 답을 찾아보려는 시도조차, 마음에 여유가 있는 엄마들이나 하는 거라고 생각했다. 결국 내가 기댈 것은 '시간'뿐이었다. 시간이 우리 편이 되어서 화살처럼 빨리 지나가 주기만을 바라고 바랄 뿐이었다.

파문이
일다

그러던 어느 날, 고여 있는 우물 안에 돌멩이 하나가 날아왔다. 평소 자주 왕래하고 지내던 교인 한 분을 찾아간 날이었다. 겸이가 태어날 때부터 쭉 지켜보셨고, 아이를 많이 아껴 주신 분이다. 그분을 만날 때마다 아이 키우기가 왜 이리 힘드냐며 넋두리를 늘어놓고 위로를 받곤 했다. 그날도 힘든 마음들을 털어놓던 중이었다.

"겸이가 아무래도 다른 아이들보다 말이 좀 느린 것 같아요. 그래서 제 말도 잘 이해 못하고, 더 문제가 생기는 게 아닌가 싶어요. 다른 아이들은 벌써 말도 잘하던데, 겸이는 말이 늦게 터지려나 봐요."

이어 그분이 해주신 이야기는 내 마음속 우물에 떨어진 작지만 단단한 돌멩이였다. 잔잔하던, 아니 잔잔한 체하던 수면에 물결이 일기 시작했다.

"지희 씨! 내가 아는 분이 아이를 데리고 언어치료를 받으러 다닌대요. 요즘엔 말 느리다고 그냥 놔두지 않고, 검사도 받고 치료도 받고 그런다 하더라고요. 혹시 관심 있으면 말해요. 물어 봐 줄게요. 제가 보니까 겸이한테 좀 필요할 것 같긴 해요."

20

"아, 그래요? 어린아이들도 그런 델 다녀요? 그렇군요. 글쎄요. 그런 거 생각해 본 적이 없어서……. 겸이 아빠랑 이야기는 해볼게요."

겸이가 또래보다 확실히 말을 잘 못하긴 했지만, 이러다가 한꺼번에 말문이 터지는 아이도 있다고 하니, 나는 그저 기다리면 되는 문제라고 생각했었다. 감각도 너무 예민하고, 자꾸 말도 안 되는 고집을 부리고, 눈을 한쪽으로 흘기며 제자리에서 빙글빙글 돈다거나 장난감을 한 줄로만 늘어놓는 등, 특이한 행동을 하는 것이 좀 이상하긴 했다. 하지만 그렇더라도 그것이 우리 아이에게 어떤 병적인 이유가 있어서일 거라고는 생각하지 않았다. 그저 예민하고 소심하고 남들보다 겁이 좀 많으려니 했던 것이다.

그런데 상담이라니? 정신과 치료 같은 게 진짜 우리 아이에게도 필요할까? 난생처음 그런 이야기를 듣고 나니, 나도 모르게 거부감이 들고 방어하는 마음이 생겼다. 입으로는 "생각해 볼게요"라고 했지만, 속으로는 기분이 상하고 서운했다. 내가 전한 말을 듣고 남편은 나보다 더 펄쩍 뛰었다. 우리는 그분이 너무 걱정이 많으신 거라고 생각하며 넘어가기로 했다.

며칠 후, 국가에서 무료로 시행하는 영유아건강검진 예약 날이었다. 근처 소아과를 찾아가 미리 작성해 둔 문진표를 제출하고 의사를 만났다. 그런데 의사의 표정이 오늘따라 좀 굳어 보였다. 문진표 문항들에 체크를 하며 나도 뭔가 불안하긴 했는데 아니나 다를까. 그날 의사의 말은 평소와 같지 않았다.

"어머니, 검진 결과를 보면 대근육, 소근육 이런 건 괜찮은데, 아이의 언어와 인지 그리고 사회성 점수가 많이 낮아요. 그냥 넘어갈 일이 아니네요. 큰 병원에 가서서 검사를 받아 보시는 게 좋겠어요."

"네? 지난번 검진 때까지는 다 정상 범위였는데 갑자기 이렇게 될 수가 있나요?"

"자세한 건 발달검사를 해보셔야 알 수 있고요. 확실한 건 또래 평균 아이들보다 많이 뒤쳐져 있다는 건데, 잘 모르셨어요? 비교해 보시면 알 수 있었을 텐데요."

당혹감과 부끄러움이 교차되어 벌게진 얼굴로 진료실을 나왔다. 그 순간, 며칠 전 교인분과 나누었던 대화가 머리를 스치고 지나갔다. 가슴이 두근거리면서 불안한 마음이 먹구름처럼 피어오르기 시작했다. 남편이 퇴근할 때만을 초조하게 기다렸다. 얼마 전, 겸이에게 언어치료를 권하던 분의 말을 대수롭지 않게 넘기던 남편이 이번엔 어떤 반응을 보일지 알 수 없었다. 그런데 그날 저녁, 내 이야기를 듣고 남편이 해준 말은 정말 뜻밖이었다.

"안 그래도 주변 사람들에게 좀 물어봤어. 그냥 넘어가기엔 마음에 좀 걸리더라고. 학교 동료들이랑 교회 어른들 몇 분께도 이야기해 봤더니 요즘엔 아이들이 많이 치료를 받으러 다닌다고 하더라. 불안해하면서 가만히 있는 것보단, 궁금하면 병원에 가서 검사받고 상담받는 게 좋다고 하시는 분들이 많았어. 우리 그렇게 하자. 내가 내일 당장 대학병원에 전화해서 검사 예약할게."

신기한 일이었다. 불과 며칠 만에 나와 남편의 마음이 달라진 것이다. 주변 사람의 조심스럽지만 용기 있는 조언, 동네 소아과 의사의 권고, 그리고 남편이 들은 이야기들. 여러 가지 상황들이 비슷한 시간에 만나 우리를 오랜 망설임 없이 병원으로 향하게 해주었다. 병원 검사비가 부담되지는 않느냐고 물으시며, 얼마의 돈을 보내 주신 분도 계셨다. 지금 생각하면 그때 지체하지 않고, 바로 발달검사를 예약했던 게 얼마나 감사한 일인지 모른다.

날벼락
두 개

대학병원 소아정신과를 처음 방문한 날. 먼저 간호사가 아이를 불렀다.

"키와 몸무게를 재야 하니까, 여기 신발 벗고 올라와요."

"아아아아아악."

"이거 아픈 거 아니야. 그냥 잠깐만 서 있으면 끝나."

"아아아아아악."

나는 아이를 안아 올려 저울 위에 내려놓으려 했다. 아이는 발버둥을 쳤다. 또 시작이었다. 평평한 저울 위에 그냥 서 있기만 하면 되는데, 저울은 뜨거운 불판도 아니고, 못이 거꾸로 박힌 고문 틀도 아닌데, 도대체 뭐가 무서운지 알 수가 없었다. 아이를 잡아끄는 나와 도망가려는 아이의 실랑이는 쉬이 끝나지 않았다. 보다 못한 간호사까지 합세해 아이를 세우려고 애를 썼지만, 머리를 뒤로 젖혀 가며 용을 쓰는 아이를 끝내 저울 위에 올려놓을 수 없었다.

"안 되겠네요. 어머니. 그냥 키랑 몸무게 대충 얼마인지 불러 주세요."

23 간호사가 한숨을 쉬며 말했다. 10여 분 만에 온몸의 진이 다

빠진 나는 울컥 눈물이 났다. 다섯 살짜리 아이 하나 감당 못하는 내 모습이 한심하고 창피했다.

'소아정신과라는 곳에 와 있다는 사실만으로도 이미 마음이 편치 않아 죽겠는데, 이 아이는 정말 나를 막다른 곳까지 몰고 가는구나.'

진료실 안에 들어간 겸이는 그야말로 '진상'을 피웠다. 의미 없는 괴상한 소리를 내며 두세 평 남짓한 진료실 안을 빠른 속도로 왔다 갔다 했다. 잠시만이라도 앉혀 보려 했지만, 아이는 진정하지 못했다. 그 공간이 싫고 무섭다는 것을 끊임없이 몸으로 표현하고 있었다. 이름을 불러도 대답하지 않았고, 눈을 맞추지도 않았다. 뭔가에 쫓기는 사람처럼 아이는 불안해했다. 의사는 길게 지켜보지도, 심사숙고하지도 않았다. 그럴 필요가 없었던 것이다.

"자폐인 것 같네요. 정확한 건 검사를 해봐야 알지만, 지금 보이는 상황만 봐도 거의 확실한 것 같고요. 아이한테 뭐 더 특이한 행동은 없습니까?"

"보시다시피, 아이가 낯선 장소나 사람을 많이 무서워하고요. 편식도 심하고, 시끄러운 소리도 싫어하고, 감각적으로 많이 예민한 것 같아요. 말을 잘 이해하지 못하고, 말도 잘 안하고요."

"그렇군요. 그런데 옆에 있는 동생은 어떻습니까? 말할 줄 압니까?"

"둘째요? 아니요. 둘째도 아직 말 못하는데요."

"몇 개월인데요?"

"22개월 정도 됐어요."

"그럼 저는 둘째도 좀 걱정되는데요. 첫째 아이가 자폐이면, 둘째도 그럴 가능성이 높거든요. 아직도 말을 못한다면, 둘째도

24

검사를 해볼 필요가 있어요. 아직 어리니까 당장은 아니더라도, 계속 좀 보셔야 합니다. 어쨌든 첫째 아이는 바로 예약 잡아드릴 테니까 빨리 검사하시고 결과 나오면 다시 이야기합시다."

첫째가 자폐일 거라는, 거의 확실하다는 말만으로도 심장이 수직 낙하하는데, 둘째마저 자폐일지 모른다고 하니 나와 남편은 한동안 그저 멍하니 넋을 놓을 수밖에 없었다.

당시 우리는 '자폐'라는 단어가 정확히 어떤 것을 말하는지도 몰랐다. 정신적 불치병? 유전적 난치병? 하나도 모자라서 둘이서 동시다발로 그럴지도 모른다고? 내 머릿속은 벌써 초대형 쓰나미가 몰려온 것처럼 혼란스러웠다. 몰라, 몰라! 이건 사실이 아닐 거야. 설마, 그럴 리가 없어!

검사 결과가 나오는 데 한 달이 걸린다 했다. 아직 정확한 결과가 나온 것도 아닌데 설레발치며 걱정하진 말자고 애써 마음을 다독였다. 마음속 불안을 짐짓 외면하면서 병원에 다시 갈 날을 기다렸다. 내 생애, 그렇게 긴 한 달은 처음이었다. 2013년 10월, 겸이가 만 3년 7개월 되는 때였다.

아이에게
내려진 진단

드디어 초조했던 한 달이 지났다. 남편과 다시 찾은 병원에서 우리는 겸이의 전반적 발달 상태가 평균 아이들보다 1년 이상 뒤쳐졌으며, 자폐 경향적 소견이 보인다는 말을 들었다.

> 현시점에서는 반향언어, 반복적인 상동 행동, 감각 자극에 대한 예민성 및 낯선 자극에 대한 예민성 등과 같은 자폐적 행동이 뚜렷하게 나타나 자폐스펙트럼장애 발전 가능성 고려되고 있음.
>
> 또한 타인과 눈 맞춤, 호명 반응, 맥락에 적절한 정서 반응과 같은 비언어적 의사소통에 어려움이 있으며, 타인에 대한 관심을 잘 보이지 않으며, 주로 혼자 놀이를 하고, 상호작용도 활발하지 않음.
>
> 그러나 약한 수준이지만 즐거움을 타인과 공유하는 모습을 보이고 있고, 환아의 연령이 어리므로 지속적인 임상적 관찰 필요하겠음.

검사 소견서에 적힌 내용이다. 의사는 겸이가 언어, 인지, 사회성 측면에서 발달이 느리고, 자폐라고 단정하여 말할 순 없지만, 혹여나 계속 이대로 방치한다면, 자폐아가 될 수도 있다고 말했다. CARS(아동기 자폐증 평정척도) 검사 결과에서 보통 30점 이

26

상이 나오면 자폐 진단을 받는데, 겸이는 27.5점이었다. 턱걸이 하나만큼의 차이일 뿐이었다.

내 아이가 다른 아이들보다 발달이 다소 느리다는 것은 어느 정도 눈치채고 있었고, 받아들일 만했다. 느려도 따라잡으면 되지. 남들보다 더 열심히 뛰어가다 보면 언젠가는 비슷한 곳까지 도달할 수 있겠지. 하지만 내 아이가 갖고 있는 어떤 굴레가 어쩌면 영원히 타인들과 똑같아질 수 없도록 우리 아이를 가두는 거라면? 아무리 노력해도 고칠 수 없는 장애물이 아이의 삶 가운데 자리 잡은 거라면? 그러면 어떡하지?

아이가 정말 '자폐'일 수 있고, 그것이 어쩌면 평생 지고 가야 할 '장애'일 수도 있다는 사실을 받아들이는 것은 무척 어려운 일이었다. 하지만 아이의 상태를 받아들이기에 앞서, 무엇보다 먼저 나를 덮쳐 왔던 것은 따로 있었다. 바로 이 모든 일의 발단이 '나'인 것만 같은 자책과 죄책감이었다.

'아이가 이렇게 된 원인이 엄마인 나에게 있는 게 아닐까? 내가 겸이를 그동안 잘 보살피지 못해서, 더 큰 사랑으로 대하지 못해서, 아이에게 자꾸 화내고 소리 질러서, 그래서 아이가 저렇게 움츠러들고, 겁이 많아지고, 말도 못하게 된 걸까? 나는 한다고 했는데, 그래도 나름 할 수 있는 만큼은 했는데……. 이 정도의 노력으로는 정상인 아이를 만들 수 없는 건가? 나처럼 아이를 키우면 평범한 아이도 장애인이 되는 걸까? 그럼 정말 둘째도 똑같이 자폐가 되면 어떡하지? 내가 아이를 키울 자격이 있는 걸까? 나처럼 나쁜 엄마는, 능력 없는 엄마는 아이를 키우면 안 되는 거였는데……'

이런 자괴감과 죄책감 때문에 미칠 것 같았다. 낮에는 아이들 때문에 정신없이 지내다가도, 밤이 되어 누우면 하염없이 눈물이 흘렀다. 더 잘할 여력이 없었다. 어떻게 더 아이에게 잘해 줘야 할지 막막하기만 했다.

치료의
시작

우울하고 침체된 마음으로 얼마를 보냈을까. 극복은 쉽지 않았
고, 죄책감의 딱지를 떼어 버리는 데는 이후로도 훨씬 오랜 시간
이 걸렸다. 하지만 어쨌든 그런 내 마음은 내 마음이고, 아이를
위해서 시작할 일은 시작해야 했다.

우선 겸이에게 가장 큰 문제로 나타난 '언어 지연' 부분과
'자극에 대한 예민함'을 치료하기 위해 '언어치료', '감각통합치
료'가 시급해 보였다. 의사의 말대로, 치료비 지원을 받기 위해
주민 센터에서 발달재활서비스를 신청했고, 바우처 카드를 발급
받았다.

동시에, 가까운 지역 내에서 '언어치료'와 '감각통합치료'가
가능한 발달센터들의 명단을 조사하기 시작했다. 언어치료는 하
는 곳이 많았지만, 감각통합치료는 몇 군데 되지 않았다. 그나마
바우처로 치료비 보조를 받을 수 있는 곳은 시립으로 운영되는
복지관 하나, 그리고 사립발달센터 딱 한군데뿐이었다.

복지관에 전화를 걸어 보니, 대기자 수가 어마어마했다. 비
용이 저렴한 장점 때문에 일단 대기를 걸어 놓긴 했지만, 며칠
지나고 나니 마음이 다급해지게 되었다. 언제 순서가 돌아올지

기약이 없는데, 무작정 세월을 보낼 순 없었다. 사립발달센터에 전화를 걸어 보았다. 마침 빈자리가 있으니 바로 수업을 할 수 있다는 반가운 이야기를 들었다. 그때부터 일주일에 두 번씩, 겸이의 감각통합치료를 시작하게 되었다(잘한 선택이었다. 대기를 걸었던 복지관에서는 무려 1년 6개월이 지나서야 순서가 돌아왔다며 전화가 왔다).

감각통합 선생님이 겸이를 관찰하고 내린 초기 평가는 이 랬다.

맛, 냄새에 굉장히 민감하며 촉각과 청각에서 관찰주의 수준을 나타냄. 언어적인 의사소통이 안 되며 소근육은 18개월 수준. 눈 맞춤은 10퍼센트 정도임.

40분씩 진행되는 수업에서 겸이가 선생님의 호명에 대답하고 눈을 맞추는 횟수가 다섯 번도 되지 않았다. 나는 그때까지, 아이가 내 부름에 "네"라고 대답하면서 고개를 돌려 나와 눈을 맞추는 것이 얼마나 중요한 일인지를 잘 몰랐다. 이 작은 부분에서 내가 문제점을 눈치챘더라면, 훨씬 더 빨리 병원에 갔을지도 모른다. 나의 무지함에 스스로 기가 막히고 창피함이 솟구쳤다.

눈을 맞추지
못하는 아이

눈 맞춤의 중요성을 깨달은 후, 겸이와 눈을 맞추기 위해 자주
연습을 했다. 하지만 겸이는 눈 맞추는 일을 너무나 힘들어했다.
"엄마 눈 봐야지, 엄마 보면서 말해야지"라고 말하면서 마주 앉
아 아이의 얼굴을 두 손으로 감싸 잡았다. 그러면 아이의 눈동자
는 순식간에 내 눈을 피해 옆으로 달아났다. 눈을 마주치더라도
1초도 안 돼서 금방 허공으로 눈동자를 돌려 버렸다. 엄마 눈을
보라고 하며 손가락으로 내 눈을 가리키면, 아이는 내 눈이 아
닌, 내 손가락을 쳐다보았다. 직접 경험해 보지 않은 사람들에게
이때의 기분을 어찌 설명할 수 있을까! 내가 낳고 키운 아이가
나와 눈을 마주치지 않을 때, 엄마로서 거부당하는 듯한 서글프
고 허망한 느낌. 시커먼 돌덩이들이 가슴으로 쿵쿵 떨어지는 그
기분…….

　겸이는 그저 말이 느린 것도 아니었다. 알고 보니, 겸이가
하는 대부분의 말은 다른 사람의 말을 그대로 따라 하는 '반향언
어'였다. 겸이의 말이 이상하다는 걸 느끼고는 있었지만, 나는
그것이 '반향언어'로 불린다는 것도, 그것이 자폐아들의 특징 중
하나라는 것도 그제야 알게 되었다. 그저 어린아이라서, 말을 배

30

우는 과정이라서 어른의 말을 따라 하나 보다 했던 것이다. 정말 무식하고 바보 같은 엄마였다.

예를 들어 "겸아, 밥 먹을래?"라고 물으면, 겸이는 "밥 먹을래?"라고 끝을 높여서 질문 그대로를 억양까지 똑같이 반복했다. "빨간색이 좋아, 파란색이 좋아?"라고 물으면, "파란색이 좋아"라고 했다. 다시 "파란색이 좋아, 빨간색이 좋아?"라고 순서를 바꿔서 물으면, "빨간색이 좋아"라고 대답했다. 즉, 맨 뒤에 있는 말을 그대로 따라 하는 것이다. 아이는 자기가 물이 먹고 싶을 때도 나에게 "물이 먹고 싶어요. 물 주세요"라고 하지 않고, "물 줄까?", "물 먹을래?"라고 말했다. 도대체 물을 먹고 싶다는 것인지, 물을 주고 싶다는 것인지 언어만으로는 아이의 마음을 알 수가 없었다.

이런 겸이의 말과 행동이 평범하지 않다는 것을, 둘째 아이가 말을 하기 시작했을 때 확실히 알게 되었다(의사의 예상을 뒤엎고, 둘째 민이는 말을 좀 늦게 시작했을 뿐, 자폐가 아니다). 둘째 아이는 말문이 트이고 나서 매일 매순간, 나에게 질문을 해댔기 때문이다. "엄마, 이게 뭐예요? 이건 왜 그래요? 어떻게 하면 돼요?" 쉴 새 없이 질문과 자기 생각을 쏟아 내는 둘째 아이를 보면서, 나는 겸이의 자폐적 특성에 대해 좀 더 많은 것을 알 수 있게 되었다.

겸이는 약 2년 동안 매주 꾸준히 감각통합치료를 받았다. 그네 타기, 사다리 오르기, 암벽 타기, 엎드려 기어 다니기, 풍선 놀이, 찰흙 놀이, 촉각 놀이 등 다양한 놀이와 도구를 통해 여러 가지 자극과 반응에 대한 수용성과 안정성을 찾아가게끔 했고, 또래보다 발달이 더딘 소근육도 발달시켜 갔다. 선생님은 치료실에서 진행하는 치료뿐만 아니라, 아이가 집에서 보내는 시간이 더 중요하다고 강조하면서, 매주 나에게 집에서 하면 좋은 놀이들을 알려주고, 숙제 검사하듯 확인도 하셨다.

　감각통합치료를 받은 후, 아이의 심리적인 강박과 불안이 많이 줄어들고, 신체 활동도 더 활발해졌으며, 감각적인 예민함도 많이 누그러지게 되었다. 처음 시작한 겸이의 치료에서 참 좋은 선생님을 만난 것에 대해 지금도 감사한 마음이 든다. 그리고 감사해야 할 것이 이뿐만이 아니다. 선생님과 나눈 어느 날의 대화가 우리 가족의 삶을 어마어마하게 바꿔 버리게 될 줄은 아마 그분도 모르셨을 거다.

남편의 결심

몇 달 후, 모든 일이 순조롭게 진행되고 있었다. 아이는 어린이집에 그런대로 잘 다니고 있었고, 일주일에 두 번씩 발달센터에 다녔다. 나는 도서관에 가서 자폐나 발달장애에 관한 책들을 찾아 읽어 보기도 하고, 근처 복지관에서 발달장애아 부모를 위한 강의를 열 때마다 빠지지 않고 참석하는 등, 나름대로 아이에 대한 이해를 높여 가기 위해 애쓰고 있었다.

그러다 교사인 남편의 겨울방학이 다가왔다. 남편은 방학 동안 특별한 관심을 갖고 아이를 관찰했다. 그 결과, 아이가 평범하지 않다는 것, 그래서 엄마인 내가 겸이를 키우는 데 남다른 애로사항이 있었다는 것을 훨씬 잘 이해하게 되었다. 그간 말로는 내색하지 않았지만, 내심 속으로는 '남들 다하는 육아를 왜 이리 유난 떨며 힘들다고 그러느냐?' 생각했을 터였다. 그랬던 남편이 방학을 보낸 후 내게 말했다.

"내가 집에 있어 보니 알겠다. 육아 스트레스라는 게 얼마나 큰지. 밖에서 일하는 것과 비교해서도 결코 작지 않은 것 같아."

육아는 엄마 혼자만의 일이 아니라, 아빠 엄마 둘이서 해야 할 만큼 힘들고도 중요한 일이라는 걸 알아줘서 기뻤다. 정말 객

관적이고 사실적으로 겸이는 키우기 힘든 아이라는 걸, 남편이 인정해 줘서 마음이 놓였다. 어깨에 짊어지고 있던 죄책감 한 덩이가 툭 떨어져 나간 기분이었다.

방학 동안 남편은 겸이 치료센터에도 자기가 가겠다고 나섰다. 그리고 어느 날, 감각통합 선생님과 대화를 나누는 중에, 남편은 번개를 맞은 듯, 정신이 번쩍 나는 이야기를 듣고야 말았다.

"선생님, 겸이를 위해서 제가 집에서 더 할 일은 없나요?"

"있죠, 아버님. 당연히 할 일 많죠. 아이들이 아빠와 시간 많이 보내는 거 정말 좋아요."

"아이랑 뭘 해야 할지 구체적으로 잘 몰라서요."

"아버님이 보기에 겸이는 어느 때 제일 활발하고 기분이 좋나요?"

"놀러가는 거 좋아하죠. 같이 공원 가고 바람 쐬러 나가고 그러면 좋아하는 것 같아요."

"그래요? 그럼 겸이랑 바깥나들이나 여행 많이 다니시면 좋겠네요. 같이 즐겁게 놀다 보면 아이 마음이 많이 열리거든요."

"정말 아이 치료에 여행이 도움이 되나요?"

"당연하죠. 겸이가 새로운 경험을 하는 걸 힘들어하지만, 즐거운 마음으로 그런 경험을 자주 하게 되면 아무래도 극복이 점점 쉬워지지 않겠어요? 그러니까 여행을 좋아하면 여행처럼 좋은 게 없죠. 겸이한테는."

"그러면요, 선생님. 혹시 아이랑 멀리 여행을 가도 될까요? 예를 들면 외국으로요."

"갈 수만 있다면야, 최고죠. 아이랑 같이 어디든 가보세요."

이 순간, 남편의 머릿속에 '바로 이거야!'라는 느낌표 수백 개가 바로 떠올랐다고 한다. 아이를 위해서 무엇을 해야 할지 고민하던 자신에게, '다른 건 몰라도 여행은 해줄 수 있겠다! 꼭 해

34

야 되겠다!'라는 생각이 들었던 것이다.

머칠간 아무런 내색 없이 혼자 고민을 거듭한 남편이, 드디어 내게 말을 꺼냈다.

"여보, 이번 방학 때 직접 겪어 보니 자기 혼자 아이들 키우고 집안일 하는 게 많이 힘들겠다고 느꼈어. 그래서 생각해 봤는데, 내가 육아휴직을 하면 어떨까?"

"육아휴직?"

살림과 육아를 남편과 분담할 수 있다면, 그보다 좋은 일이 또 있을까! 비록 수입은 줄어들어 경제적으로 빠듯하겠지만, 당분간 허리띠를 졸라매고 풀 뜯어먹고 살지, 뭐. 지금 당장 나의 만성피로를 해결해 줄 치료약으로 남편의 '육아휴직'은 꽤 괜찮은 선택 같았다.

"할 수만 있다면 좋죠."

"그럼 육아휴직 하고 쉬면서 아이들하고 여행 다니자."

"여행? 어디로?"

"유럽 가자. 서너 달 정도 다녀오는 거 어때?"

"뭐? 유럽? 무슨 말도 안 되는 소리야! 우리 형편에 유럽은 무슨, 그것도 한 열흘 가는 것도 아니고 몇 개월씩이나? 이렇게 어린 두 아이를 데리고? 그게 가능할 것 같아요?"

나는 듣자마자 말도 안 되는 얘기라며 펄쩍 뛰었다. 그런데 남편이 이번엔 쉽게 물러나지 않았다. 그날부터 남편의 설득 작전이 시작되었다. 여행이 아이에게 얼마나 좋을지, 경비는 어떻게 마련할 수 있을지, 어떤 루트로 여행하고 싶은지 조목조목 말해 가며 나를 꼬드기기 시작했다. 동시에 육아휴직을 위한 절차도 밟았다. 혹시 나를 설득하지 못해 여행은 못 가더라도, 육아휴직은 자신이 아이들을 위해 결심한 일이니 꼭 하겠다고 했다.

결과적으로 남편은 60여 년의 전통을 자랑하는 사립고등학교에서 남자로서는 처음으로 육아휴직을 하는 간덩이 부은 교사가 되었다. 그 과정에서 선배나 동료들로부터 따가운 눈총을 받기도 했고, 직접 대놓고 하는 싫은 소리도 여러 번 들었다고 했다. 만약 남편이 앞으로 편하게 직장생활 하는 것, 또는 승진하는 것에 우선순위를 두는 사람이었다면, 아마 육아휴직은 시도조차 하지 않았을 것이다.

하지만 남편은 가장으로서 가정을 돌보는 것, 아이들을 사랑하며 바르게 양육하는 것이 더 중요하다고 생각했다. 그것이 아버지 된 자들에게 맡겨진 사명이고, 특히 아이들이 어릴 때 집중해서 그 일을 하지 않으면 안 된다고 생각하고 있었다. 그랬기에 힘들었지만 중도에 포기하지 않았고, 결국 학교의 오케이 사인을 얻어내는 데 성공했다.

남편이 휴직을 감행했던 당시의 통계에 따르면, 전국의 육아휴직 교사 중 남성의 비율은 단 1.5퍼센트였다. 그나마도 타 직장에 비해서는 높은 편이라는 공직, 교사 사회에서도 남성의 육아휴직은 이처럼 좁은 문이다. 공무원이나 교사 같은 직업 외에 다른 많은 직장들에서도 육아휴직이 당연하고, 더 나아가 필수적인 일이 될 날이 오기를 진심으로 바란다.

떠나자,
여행

"왜 꼭 유럽으로 가야 해? 우리나라에도 좋은 곳 많잖아. 집에서 지내면서 가끔 이곳저곳 여행하는 건 어때? 그리고 현실적으로 생각해 봐요. 우리한테 3개월이나 유럽을 여행할 만큼의 돈이 어디 있어요? 게다가 겸이 치료는 어떻게 할 건데?"

내 나름대로는 여행을 가지 말아야 하는 합리적 이유를 들이대며 남편의 뜻을 꺾어 보려 했다. 하지만 결혼 후 단 한 번도 자기주장을 심하게 내세운 적 없던 남편이 이번만큼은 절대 의지를 굽히지 않았다.

물론 나도 여행이 아이들에게, 특히 겸이에게 좋으리라는 것은 짐작할 수 있었다. 부모와 함께 가는 여행이 관계를 가깝게 하는 데 유익한 건 당연한 일이다. 다양하고 새로운 자극을 만나면서 아이가 여러 측면에서 좋아질지도 모른다는 의견에도 물론 수긍이 갔다. 하지만 여전히 불확실한 일이었다. 꼭 잘되리라는 보장이 없었다. 우리가 3개월의 유럽 여행을 떠났을 때 치러야 할 대가, 포기해야 할 것들을 생각하며 망설일 수밖에 없었다.

솔직히 얘기해서 난, 자신이 없었다. 그렇게 오래 외국 여행을 해본 적도 없었고, 영어도 잘하지 못했다. 도대체 그 낯선 땅에서 내가 무엇을 할 수 있을까 걱정이 앞섰다.

내 한 몸 건사하기도 힘든 남의 나라에서 말도 못하는 아이들 둘까지 먹이고 재우고 입히고 씻기면서 마냥 하하호호 웃을 수 없을 것 같았다. 좀 심하긴 하지만 굳이 비유하자면, 그건 내게 '가중 처벌' 같은 거였다.

그렇게 서로 좁혀지지 않는 평행선을 달리길 며칠째, 남편의 아래 질문이 나의 두 손 두 발을 들게 하고 말았다.

"그냥 때 되면 다녀오는 한두 번의 치료, 그것만으로도 아이의 모습이 진짜 달라질 수 있을까? 큰 변화 없이 이대로 쭉 지내도 겸이의 미래에 어떤 희망이라는 게 분명히 있을까? 당신은 정말 자신 있어? 이대로 그냥 시간 흘러도 괜찮을 것 같아?"

순간, 할 말이 없었다. 그 질문에 자신 있게 "그렇다"라고 답할 수 없었다. 남편 말이 옳았다. 아이가 달라질 수 있다면, 조금의 변화라도 기대할 수 있다면, 우린 뭐라도 해야만 했다. 아이 스스로 안에서 문을 잠그고 밖으로 나오지 못하고 있었다. 이대로 그냥 세월만 보낸다면, 아이는 점점 더 알 수 없는 블랙홀 속으로 들어가 버릴지도 몰랐다. 우리는 아이와 소통하는 방법을 영영 알지 못한 채 지내게 될지도 모르는 것이다.

하루라도 빨리 방법을 찾아야만 했다. 이런저런 노력이라도 해봐야 했다. 아이가 아빠 엄마와 감정을 나누고 소통하는 방법을 깨닫게 되는 경험이 필요했다. 그 경험을 어떻게 만들까? 모든 가정마다 상황과 해결책은 다 다를 것이다. 그런데 당시 우리에게는 '여행'이라는 선택지가 주어졌고, 남편은 자기가 최선을 다해 시도해 볼 만한 일로 그것을 붙잡고 싶었던 것이다.

남편의 간절함이 이해되기 시작했고, 나 또한 '뭔가를 해야만 한다'는 당위 앞에서 모른 척하거나 체념할 순 없었다. 비록 낮은 가능성이라도 붙들고 실행하는 용기가 필요했다. 3개월의

38

긴 기간과 유럽이라는 먼 장소가 부담스럽긴 했지만, 나는 결국 남편과 뜻을 같이하기로 했다.

'어쩌면 정말, 이 여행이 우리 삶에, 겸이의 인생에 작은 돌파구가 될지도 몰라. 그래, 해보자! 떠나자, 여행!'

우리만의
시간 만들기

육아휴직이 확정되고, 여행을 떠나기로 마음먹은 때가 2월 중순
쯤이었다. 4월부터 6월까지 유럽 여덟 개 나라(프랑스, 스위스, 독일,
오스트리아, 네덜란드, 벨기에, 체코, 영국)를 여행한 후, 7월 1일에 한국
에 돌아오기로 했다. 우리가 여행을 계획하며 세운 몇 가지 원칙
은 아래와 같다.

하나, 무조건 안전한 곳으로만 다닌다. 아이들과 함께하는
여행인 만큼 치안이 좋고, 질서 의식이 높다고 알려진 나라로만
다니기로 했다. 우리가 여행지를 서유럽으로 택한 가장 큰 이유
였다.

둘, 자동차로 여행한다. 체력이 약한 어린아이들을 데리고
다녀야 하므로 접근성이 중요하다고 보았다(Door to Door). 잠깐
의 관광 목적 외에는 거의 대중교통을 이용하지 않았다. 유럽은
도로나 교통체계가 편리하고 안전하므로 가족 단위로 장기간 여
행하기에는 자동차 여행이 제일 좋다.

셋, 숙소를 자주 옮기지 않는다. 짐을 싸고 푸는 데에 시간
과 에너지를 낭비하지 않기로 했다. 유명 관광지를 이곳저곳 옮
겨 다니기보다는 아이들과 한 지역에 오래 머물며 천천히 시간

40

을 보내는 것이 좋을 것 같았다. 대부분의 민박집에서 닷새 정도씩 보냈고, 심지어 파리에서는 두 주간 한 숙소에 머물렀다.

넷, 가능한 한 현지인 민박집을 이용한다. 일단, 가격이 저렴하고, 집주인을 통해 여행지 추천이나 팁을 얻을 수 있는 장점이 있다. 또 우리처럼 아이가 있는 집에 머물면서, 그들의 육아 문화나 양육 방법을 배울 수 있으면 금상첨화라고 생각했다.

다섯, 여행의 절반은 영국의 라브리(기독교 공동체)에서 지낸다. 여행의 전반부는 관광을 주로 하고, 후반부에는 '라브리'라는 곳에 오래 머물기로 했다. 가족 친화적인 환경에서 같은 신앙을 공유한 이들과 함께 교제하고, 여러 국적의 사람들과의 만남 가운데 우리 삶에 대한 해답을 찾아가는 시간을 갖고자 했다.

사실, 우리는 매월 전세자금대출금을 갚아야 할 실정이고, 남편의 월급으로 한 달 한 달 살아가는 형편이었다. 여행을 위해 모아 둔 여윳돈 같은 건 눈곱만큼도 없었다. 그나마 다행인 건, 휴직 중에도 남편 본봉의 50퍼센트는 나온다는 정도. 여행 자금을 마련하기 위해 우리는 그동안 부었던 온 가족의 적금과 보험들을 해지했다. 그리고 어느 정도의 대출도 받았다.

경비를 최대한 줄이기 위해 음식도 매일 해먹기로 했다. 인터넷 중고 사이트에서 이만 원을 주고 삼인용 전기밥솥을 샀다. 남편과 함께 머리를 맞대고 가고 싶은 나라들을 결정하고, 여행 루트를 짜고, 숙박할 곳들과 렌터카를 예약하고, 여행에 필요한 물품들을 구입하여 가방을 싸는 데, 꼬박 한 달을 보냈다.

겸이는 한국 나이로 다섯 살이었다. 전에 다니던 가정 어린이집을 졸업하고, 다른 유치원에 입학한 상태였다. 매일 아침, 남편과 내가 함께 아이의 손을 잡고 걸어서 유치원에 데려다 주었다. 파릇파릇 돋아나는 새싹들을 보면서, 새들의 노래를 들으면서 아침마다 함께 걷는 그 산책길은 우리에게 많은 기쁨을 주었다. 둘째 민이는 작년에 형이 다니던 어린이집으로 보냈다. 형이 매일 아침, 노란색 버스를 타고 어린이집에 가는 것을 무척이나 부러워했던 아이였다. 이렇게 매일, 겸이와 민이를 유치원과 어린이집에 보내고, 오전 시간 동안 우리 부부는 여행 준비를 했고, 아이들이 돌아오는 오후에는 아이들에게 집중하며 한 달을 보냈다. 여유롭고 평화로우면서도 설렘이 가득한 시간들이었다.

우리의 여행 목적은 누가 물어봐도 당연히 '아이들'이었다. 그동안 한 집에서 같은 시간을 보내면서도 일, 사회생활, 집안일, 또 주변 사람들에 신경 쓰고 챙기느라 솔직히 아이들에게만 집중한 시간은 그리 많지 않았다는 걸 깨달았다. 그래서 우리에게 둘러쳐 있는 그런 곁가지들을 모두 걷어 내고, 오직 남편과 나, 겸이와 민이, 이렇게 딱 네 사람만 함께하는 우리만의 시간을 가져 보자고 다짐했다.

이제부터 아이들과 함께한 즐거운 고생기를 시작해 보려 한다. 그래도 쓰다 보니, 힘들고 어려웠던 일보다 기쁘고 감동스러웠던 일들이 더 많이 기억에 남는다. 작고 사소한 불평들을 잠재우고도 충분했던 축복과 행운의 보따리들을 조심스레 풀어본다.

첫 번째 소풍

프랑스

기저귀
형제

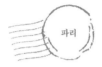

개선문, 에펠탑

파리 드골 공항 근처에 있는 장기 렌터카 차고지. 그곳에서 자동차 열쇠 하나를 건네받은 순간, 우리의 여행은 현실이 되었다.

한국을 떠나기 3일 전, 남편은 '수동 기어 운전법'을 연수받았다며 자신만만했더랬다. 그랬던 남편이⋯⋯. 새 차 냄새 폴폴 풍기는 프랑스산 푸조 운전석에 앉아 급정거와 시동 꺼트리기를 열 번 넘게 반복하고 있었다. 믿었던 도끼가 내 발등을 마구 찍고 있었다. 아! 어떡해!

그래도 하염없이 차고지만 뱅뱅 돌 수는 없는 노릇. 용기를 내어 시내로 들어섰다. 복잡한 파리 시내를 아슬아슬 통과하는 사이, 가슴이 어찌나 두근거리던지⋯⋯. 그런데 출발한 지 10분이나 되었을까? 갑자기 둘째 아이가 울어 대기 시작했다. 그리고 차 안을 스멀스멀 채우기 시작한 스멜. 하필 왜 지금인 거냐! 한국에서라면 당장 비상등을 켜고 적당한 곳의 화장실로 데려가 기저귀를 갈아 주었을 것이다. 하지만 그땐 제발 이 낯선 시내의 한복판을 무사히 벗어나 빨리 도착지에 다다르기만을 기도할 수밖에 없었다.

한 시간쯤 달려 도착한 파리 근교의 작은 마을 라흐디. 우리의 첫 민박집 '줄리(Julie)네'는 말 목장 바로 옆에 있었다. 풍경을 구경할 새도 없이, 차에서 내리자마자 둘째 아이를 닦아 주었다. 아이가 입고 있던 옷은 물론, 한국에서부터 낑낑 대며 들고 온 카시트까지 온통 똥 범벅이었다. 옷과 카시트 모두 아무리 닦고 빤다 한들 도저히 손쓸 수 없는 상태였다. 옷은 물론이고, 카시트도 바로 그 자리에서 버려야 했다.

며칠 뒤, 파리 샹젤리제 거리의 개선문. 그 유서 깊고 예술적인 건물 꼭대기에서 우리는 두 아이의 기저귀를 갈았다. 먼저 둘째 민이가, 그 다음 첫째 겸이가 차례로 볼일을 보는 바람에 우리는 여행은 뒷전이고, 최대한 사람들 눈에 띄지 않는 구석에 숨어 두 아이를 닦아야 했다. 개선문을 올라가는 나선형의 좁은 계단을 겨우겨우 올라와 선 지 3분 만에 그런 일이 벌어지니, 창피함을 무릅쓰

↑
라흐디 민박집에 도착해 짐을 내렸다. 이민 가방과 여행 가방 두 개씩,
배낭과 종이박스에 가득 든 90일치 살림살이들.

→
벚꽃을 보지 못하고 한국을 떠나온 게
조금 아쉬웠는데, 그 서운함 다 잊게
해줬던 라흐디의 유채꽃밭.

→
민박집 대문 너머로 뻗어 있던
넓은 초록 들판을 아이들은 신나게
뛰어다녔다. 옥수수가 심겨질
밭이라고 했다.

고라도 해결해야 했다(다행히 개선문 한쪽의 공사 중인 빈 공간에서 민폐를 줄여 해결할 수 있었다).

잠시 한숨을 돌리고, 우리는 에펠탑을 향했다.

"얘들아! 우리 저기 높은 탑에 올라갈 거야. 탑 이름은 에펠탑이야."

"에피타? 에피타?"

에펠탑을 자꾸만 '에피타'라고 발음하는 큰애와 유모차에 탄 둘째를 데리고 매표소 앞에 줄을 섰다. '뭐, 이 정도 줄이야! 금방 올라가겠네'라고 생각했지만, 파리 물정 모르는 착각이었다. 표를 산 후 탑에 오르기 위해 입구 쪽으로 들어가려는데 직원이 유모차를 제지했다. 어쩔 수 없이 남편이 유모차 두 대를 양손에 든 채로, 아이들 손을 잡고 중간층까지 가는 첫 번째 엘리베이터를 탔다.

엘리베이터 안에서 밖을 내다보며 아이들은 무척 즐거워했다. 거대한 철골들이 반복적으로 이어지며 만들어내는 풍경이 신기하기도 하고, 자기가 높이 올라간다는 것이 흥분되기도 했나 보다. 엄청 긴 줄 탓에 거의 한 시간 만에야 올라간 탑 정상. 어느새 해가 지고 있었다. 처음에는 옅은 황금색으로, 시간이 지날수록 짙은 주홍빛으로 물들어 가는 파리는 그림처럼 아름다웠다.

게다가 이렇게 고운 노을은 얼마 만에 보는 것인

지……. 한국에서 이렇게 예쁜 노을을 본 적이 있었던가, 하는 의문과 함께 내가 한동안 하늘을 안 보고 살았다는 걸 깨달았다. 아이 둘 키우며 아등바등하는 사이, 하늘 쳐다보고 노을 보며 사는 여유 따위는 다 잊어버리고 살았구나!

쌀쌀한 바람 탓에 탑 꼭대기에 오래 있긴 힘들었다. 엘리베이터를 타고 아래로 내려왔다. 그런데 그곳에서 우리에게 진정으로 기쁜 일이 일어났다. 탑에서 내려오자마자, 어두운 밤에 불빛으로 환해진 에펠탑을 올려다보던 겸이가 두 눈을 반짝이며 이렇게 말하는 것이었다.

"저기 또 가가? 에베이터 또 타까?"

엘리베이터라는 발음이 안 돼서 '에베이터'라고 하긴 했지만, 먼저 "저기 또 갈까?"라고 '말을 했다'는 사실이 놀라웠다.

"여보, 지금 겸이가 한 말, 들었어요?"

"응, 저기 또 가자고 하네. 세상에! 이런 말 한 거 처음 아니야?"

"겸이야, 저기 또 가고 싶어?"

"저기 또 가가? 에피타, 에피타."

"그래, 겸이야! 우리 겸이, 진짜 좋았구나! 다음에 또 꼭 다시 가자."

→
"꼭 다시 가자"는 약속을 당시엔
못 지켰지만, 살면서 한 번쯤
다시 가게 되지 않을까? 우리 인생
최고의 엘리베이터를 타러…….

아이의
다섯 글자

여행을 떠나기 전 겸이는 스스로 '좋아요, 즐거워요, 재밌어요, 행복해요, 슬퍼요'라는 등의 감정 표현 언어를 전혀 사용하지 않는 아이였다. 고작해야 '싫다'라는 정도의 뜻만 나타낼 수 있었고, 이것도 차근차근 말로 한다기보다는 소리를 지르거나 뛰쳐나가는 행동으로 표현하는 식이었다. 그런데 그랬던 아이가 에펠탑을 보며 입을 열었던 것이다. 비록 '즐거웠다, 재밌었다, 그러니 또 가자' 이런 논리적인 인과관계는 포함되지 않았지만 "저기 또 갈까?"라는 다섯 글자 안에서 우리는 아이의 마음을 그대로 느낄 수 있었다. 아이로서는 자기가 할 수 있는 최고의 언어를 사용해 자기감정을 알려준 것이었다. 아이가 그렇게 말해 준 것이 눈물 나게 기뻤다.

여행을 하며 아이에게 집중해서 가르친 말은 '속상하다'라는 말이었다. 아이는 뭔가 마음에 들지 않거나 하고 싶은 일을 못 하게 했을 때마다 내 품에 파고들며 울곤 했다. 자신의 감정을 말로 표현하지 못하는 게 안타깝고 답답했다. 그래서 아이가 그렇게 안겨서 울 때면, "겸아, 지금 분수를 보러 가지 못해서 속상하구나. 그래서 우는구나. 그래, 정말 속상하겠다" 이런 식으로 자꾸 아이의 상황과 감정을 대변해서 말해 주었다. 그러던 어느 날, 아이가 전처럼 울면서 내게 달려오더니 이렇게 말하는 것이었다.

"속상해요, 엄마."

드디어 단어 하나를 배웠구나! 아이가 우는 이유를 논리적으로 설명하지 못해도 괜찮았다. 그저 "속상해요"라고 말해 주는 것만으로도 마음이 뻥 뚫린 것처럼 시원했다.

아이가 단어를 습득하는 과정을 되돌아보면서, 몇 가지를 깨닫게 되었다. 첫째는 아이가 비록 어떤 언어로 감정을 표현하지 못한다고 해도, 아이에게 감정이 없거나 할 말이 없는 건 아니라는 것이다. 또 하나는 내가 얼마나 아이에게 내 감정을 잘 표현하고 있는가 하는 점이었다. 아이에게 "네 감정을 말로 표현하라"고 다그치면서 정작 나는 얼마나 아이에게 내 느낌과 감정을 말로 잘 표현하고 있는지를 돌아보니, 나야말로 낙제점이었다. 아이에게 매일 하는 말이라곤 "먹어라, 씻어라, 치워라" 등등의 지시어나 명령어가 대부분이었다.

언제 한번 아이의 눈을 마주 보고 앉아서 "오늘 엄마는 이러이러해서 기분이 아주 좋았어. 행복하다고 느꼈어" 혹은 "오늘은 이런 일로 마음이 아팠어. 아주 속상하고 슬펐어", "정말 미안해. 엄마가 이런 잘못을 하다니 정말 부끄럽구나. 너에게 참 미안해. 용서해 줄 수 있겠니?" 이런 말을 해본 적이 있던가. 아이는 어쩌면 감정 표현에 대해 배우지 못해 못하는 것일지도 모른다는 생각이 들었다. 이 부분에서만큼은 분명 게으른 엄마였다.

아이가 쓸 수 있는 단어들이 하나씩 늘어가곤 있지만, 그 수가 한번에 확 늘진 않는다. 한 단어를 배우는 데 몇 달씩 걸리는 것 같을 때도 있다. 하지만 분명 줄어들진 않고 늘어가고 있다. 시간이 걸리는 것일 뿐, 언젠가는 훨씬 풍성한 언어로 자신의 생각을 표현하고 타인과 감정을 교감하게 될 날이 올 거라 믿는다.

미술관에서
노는 법

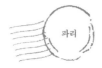

오르세, 로댕, 퐁피두

라흐디에서 파리 중심부까지는 기차로 30분 정도가 걸린 다. 하루는 기차를 타고 오르세 미술관으로 향했다. 역에 서 내렸는데, 지상으로 올라가는 엘리베이터가 보이지 않 았다. 이럴 수가! 낑낑 대며 유모차를 들고 계단을 올라 갔다. 그리고 곧 웅장한 자태의 오르세 미술관과 유유히 흐르는 센 강을 만날 수 있었다.

　미술관 입장. 기다랗게 늘어선 줄을 보며 걱정서린 얼굴로 유모차를 밀고 오는 우리를 본 직원은 고맙게도 바로 들어가는 다른 문으로 안내해 주었다.

　책에서만 봤던 유명 화가들의 작품을 두 눈으로 확인 하는 경험은 실로 '감동의 물결'이었다. 하지만 감동이 쓰 나미처럼 밀려오려는 순간마다, 둘째 민이의 울음소리가

'턱!' 하고 방파제를 쌓으며 우리를 현실로 돌려놓았다. 간식을 건네주면서 달래 보았지만 졸음과 지루함이 섞인 아이의 투정이 이어졌다. 작품을 여유롭게 감상하는 호사 같은 건 우리에게 허락되지 않았다.

혼자서 아이들을 데리고 떠난 여행이라면, 되도록 미술관은 가지 않았을 것이다. 감상은커녕 그림에 별 관심도 안 보이는 아이들인데, 그저 왔다 갔다 한다고 무슨 도움이 될까 싶었다. 하지만 남편은 생각이 달랐다. 아이들이 당장은 지루해할 수도 있지만 멋진 건축물 속에서 아름다운 명작들을 스쳐 바라보는 것만으로도 '가랑비에 옷 젖듯' 아이들의 미적 감각이 자랄 거라고 했다.

김칫국을 마셔도 너무 마시는 거 아니야? 교육이고 뭐고 난 지금 당장 힘들고 눈치 보이고 민망해 죽겠는데, 꼭 미술관 관람을 해야 하는지 이해되지 않았다. 하지만 또 한편으로는 이 먼 곳까지 왔는데, "절대 가지 마라" 강

←
'아빠, 여기 재미없어요.'
'아들, 유명한 작품이야. 프랑스까지
와서 이걸 안 보고 가면 되겠니?'
표정만 봐도 둘의 속마음이
읽히는 것 같다.

요할 수도 없는 노릇이었다. 명색이 직업이 역사 교사인 남편에게 미술관, 박물관을 가지 말라 하는 건 너무 가혹한 일이었기 때문이다.

다행스럽게도 시간이 갈수록 미술관, 박물관을 아이와 함께 다니는 약간의 노하우들이 생기기 시작했다. 잘 관찰해 보니, 아이들은 평면적인 그림보다는 입체적인 조각 작품에 좀 더 흥미를 보였다. 그림들 앞에서는 시종일관 답답해하기만 했던 아이들이 '밀로의 비너스'나 '푸시케와 에로스' 같은 조각상을 볼 때에는 관심을 보였다. 특히 민이는 루브르 어디에나 널려 있는 여성의 누드 조각상을 볼 때마다 큰 소리로 "엄마! 엄마!"를 외쳐 대서, 좀 민망하기도 하고 내심 으쓱하기도 했다(당시 민이가 할 줄 아는 유일한 말이 '엄마'뿐이긴 했지만 말이다!).

아이들과 제일 편하고 즐거운 시간을 보낸 곳은 '로댕 미술관'이다. 그림보다는 조각이 많은 곳이 어딜까 찾아보다가 '바로 여기!'를 외치며 찾아간 곳이다. 로댕 미술관은 규모가 아담해서 아이들을 데리고 한 바퀴 둘러보는 데에 무리가 없었다. 관심이 가는 작품들 앞에서 아이들, 특히 호기심 왕인 둘째 민이는 거침없이 손을 내밀었다. 그때마다 "만지지 않고 눈으로만 보는 거야"라고 말하며 관람 예절을 가르쳤다. 아름다운 조각품을 직접 보면서 좋아하고 흥미를 갖는 모습이 흐뭇했다.

　직원들 또한 다른 미술관 직원들보다는 훨씬 친절한 편이어서, 이곳저곳을 기웃대는 아이들을 미소 띤 얼굴로 주시만 할 뿐, 제지하지는 않았다. 미술관에 갈 때마다 혹시 다른 관람객들에게 피해를 주진 않을까, 직원들에게 눈총 받고 쫓겨나진 않을까 조마조마했던 나였기에, 이곳 직원들의 배려와 친절이 얼마나 고마웠는지 모른다.

　로댕 미술관의 백미는 바로 건물 뒤편에 있는 영국식 정원이다. 보통 프랑스 정원들은 거대하고 반듯반듯하고 인공적인 미가 가득하다. 그런데 이곳은 작고 소박했으며 아기자기했다. 좌우에 하나씩 작은 분수가 나오고 있어서 '분수 마니아' 겸이는 그것만으로도 충분히 행복해했다. 정원 곳곳에 놓인 로댕의 작품들은 투박하면서도 현실적이고, 남성적인 선이 살아 있었다. '도대체 어떤 인간이 이런 걸 만들었나?' 싶을 정도로 섬세하고 완벽한 비율의 새하얀 조각상들만 보다가 이곳에 오니, 답답했던 마음이 스르르 풀리는 것 같았다.

　아이들이 로댕 미술관 다음으로 좋아했던 곳은 '퐁피두'다. 퐁피두는 파격적인 건축법 자체만으로도 유명한 현대미술관이다. 아이들은 선명한 색상의 그림들, 독특한 소재로 만든 조형물들 사이사이를 즐겁게 누비고 다녔

↑
로댕 미술관 정원 곳곳에서
사람들을 반겨주는 작품들.

→
원래는 궁전이었던 루브르 박물관.
규모가 하도 크니, 한나절 둘러보는
걸로는 '나 거기 갔다 왔다'고 명함
내밀기도 힘들다. 그저 오늘 스쳐 본
몇 작품 제목만 기억해도 성공인 걸로!

다. 특히 겸이는 실재의 건물을 압축한 것 같은 조각품에 눈길을 주고 "집이다!"라고 외치며 자세히 들여다보기도 했다. '아는 만큼 보인다'라는 명언이, 아이들에게도 적용되는 게 맞구나 싶었다.

그런데 특별히 이곳에서 우리 부부의 흥미를 끈 것은 퐁피두에 견학 온 프랑스 아이들의 모습이었다. 여덟 살쯤 되어 보이는 아이들 스무 명 정도가 한 작품 앞에 옹기종기 모여 앉아 선생님의 설명을 듣고 있었다. 아이들은 모두 경청하고 있었고, 때때로 선생님의 질문에 대답하기도 했다. 이런 모습은 이후에 다른 미술관이나 유적지에서도 종종 볼 수 있었다. 그때마다 우리 부부는 늘 부러움 가득한 눈으로 그들을 바라보곤 했다.

"내가 학교 다닐 땐, 이런 미술 교육 받아 본 적 없는데……. 저 아이들 참 좋겠다."

"그러게. 우리는 교과서에 인쇄된 그림 보면서 제목 외우고, 화가 이름 외우고, 인상파네, 야수파네, 뭐 이런 사조들 외우고 그랬는데……. 저 아이들은 원하면 언제든 미술관에 와서 원작을 직접 볼 수 있고, 선생님한테 설명도 들을 수 있으니 복 받은 거지."

"아니, 뭐 꼭 유명한 작품만 좋은 작품인 건 아니니까 우리도 이런 교육 하려면 할 수 있는 거 아니야? 선생

님이 아이들 데리고 직접 미술관도 가고, 설명도 해주고, 앉아서 그림도 그려 보고……. 이런 프로그램을 만들어서 운영하면 되지 않을까?"

"난 아이들이 받는 교육 내용이 부럽기도 하지만, 저 아이들도 참 멋지다. 어린 애들인데, 꼼짝 않고 앉아서 선생님 얘기를 듣잖아. 한 명도 딴짓을 안 해. 신기하지 않아?"

어린아이들이 작품을 집중해서 관찰하고 선생님과 진지하게 대화하는 모습을 여러 번 보면서 새롭게 깨닫게 된 것이 있다. 미술관에 걸린 작품들을 뚫어져라 쳐다본 후, 그 느낌을 말이나 글로 표현할 수 있어야만 제대로 감상하는 거라고, 그래서 그것은 어느 정도 지적으로 성숙한 사람들이 할 수 있는 것이라고 난 생각해 왔다. 아이들은 동화책 그림처럼 단순하고 예쁘장한 그림들만 봐도 된다고 생각했다. 그게 수준별 맞춤형 교육이라 믿었다. 이런 내 기준에서라면 여덟에서 아홉 살 아이들이 라파엘로나 루벤스, 고갱을 감상하는 건 무리한 일이다. 그런데 이런 나의 생각이 편협하고 틀린 것임을 깨달았다. 의도하진 않았지만, 난 그동안 아이들을 무시하고 있었던 것이다.

사실 그림이나 음악과 같은 비언어적 예술은 보고 듣

고 느끼고 해석하는 것이 사람마다 다르기 마련이다. 어쩌면 예술을 해석하는 데 있어, 자기고집과 고정관념으로 꽉 찬 어른들보다는 아이들의 순수한 시각이 훨씬 더 뛰어난 창의력을 발휘할지도 모른다. 어른보다 아이들은 지적으로 못하다는 생각, 예술을 이해하기 어려울 거라는 생각은 얼마나 어른 중심적이고 권위주의적인지. 아이들을 하나의 인격체, 개별적인 인간으로 존중한다고 말이나 하지 말지, 이 무슨 이중적인 태도란 말인가!

오르세 미술관 계단을 이리저리 오르내렸던 아들들. 실제 나이로는 고작 네 살과 두 살이었던 우리 아이들 머릿속에 미술관에서 보았던 그림 어느 한 점도 정확히 기억되지 않았을지 모른다. 그래도 그곳에서의 시간이 모두 헛것이었다고는 생각하지 않는다. 모르긴 몰라도, 아이들의 몸속 세포 어느 한 구석에만큼은 그 공간을 가득 채우고 있던 예술의 풍요로움이 조금이나마 젖어들지 않았을까?

겸이와 민이의 그림, 공작품들은 부모인 우리는 물론, 주위 사람들까지도 종종 놀라게 한다. 어른들이 상상할 수 없는 색채와 형태들로 도화지와 공간을 꾸며 가는 아이들의 개성 있는 감각, 그 능력 깊은 곳 어딘가에, 미술관을 놀이터 삼아 보냈던 시간들이 담겨 있진 않을까?

파리 센 강 유람선 안에서.
겸이는 자기만의 네모난 카메라로
어떤 풍경을 보고 있던 것일까.

주워 온 조약돌에 무지개를 그린 겸이.
알록달록 일곱 색깔 무지개처럼
다채롭고도 고운 꿈을 꾸는 아이로
커갔으면 좋겠다.

←
퐁피두 미술관에서.
겸이는 에펠탑을 닮은 듯한
이 작품을 발견하고 꽤나
맘에 들어 했다.

아이들은 밀레, 피카소, 그 외에도

많은 화가들을 알게 되었습니다.

이런 그림들을 가지고 정신과 영혼의 양육을 받는 아이들은

이제 새로운 눈으로 그들 주위의 세상을 바라볼 것입니다.

- 수잔 쉐퍼 맥콜리

첫눈에
반했어!

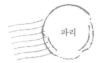
파리

베르사유 궁전

우리나라로 치면 식목일이었던 4월 5일 토요일. 베르사유 궁전을 찾아갔다. 그 날짜를 정확히 기억하는 이유는 그날이 겸이에게 아주 특별한 날이었기 때문이다. 가서 보니, 그날이 마침 베르사유 정원의 분수 쇼가 시작하는 날이었던 것이다. 베르사유 궁전의 분수들은 종류도 다양하고, 그 하나하나가 예술 작품이다. 분수 가동 시간이 얼마 남지 않았기에, 우리는 우아한 자태를 뽐내는 분수를 아이들에게 하나라도 더 보여 주려고 헐레벌떡 뛰어다녔다.

겸이가 제일 좋아한 건 클래식 음악에 맞춰 춤을 추는 음악 분수였다. 서울 예술의 전당 음악 분수보다 약간 규모가 크긴 했는데, 아쉬운 건 동일한 곡 하나만 계속 반복한다는 것이었다. 하지만 그런 아쉬움은 어른들만의 것

65

이다. 아이는 똑같은 음악이 다섯 번 나와도 전혀 지루한
줄 몰랐다. 곡과 곡 사이 3분 정도 있는 쉬는 시간에, 우
리는 아이들을 다른 곳으로 유인하려고 계속 노력해 보았
다. 하지만 자리를 떠났다가도 음악 시작과 동시에 겸이
는 용수철처럼 다시 돌아가 '방금 전 다 봤던 그 음악 분
수'에 또다시 넋을 놓아 버렸다. 그날 겸이는 분수와 사랑
에 빠졌다. 그리고 그 결과, 우리는 앞으로 계속 "분수 보
러 갈까?"라는 여섯 글자를 귀에 딱지가 덕지덕지 앉을
만큼 들어야 했다.

아이가 원래 분수를 좋아하긴 했지만, 그렇게 집요하
게 분수를 보여 달라고 요구하기 시작한 게 바로 그날 베
르사유에서부터다. 겸이는 말 그대로 '출구 없는 사랑'에
빠져 버린 것 같았다. 우리는 정말 가능하면 매일매일 분
수를 찾아다니려고 애썼다. 다행이었던 건 유럽 곳곳에
크고 작은 분수가 많았다는 것. 분수를 만났을 땐 그곳이
어디라도 잠시 멈춰야 했고, 그곳에서 아이는 하염없이
분수를 쳐다보며 시간을 보냈다. 이렇게 오다가다 우연히
만나는 분수들 덕분에 겸이는 겨우 상사병을 면했다.

우리가 여행 중 만났던 분수들 가운데, 인상적이었
던 또 하나의 분수는 스위스 바젤에서 찾아낸 '팅겔리 분
수'다. 바젤 시내를 가로지르는 트램을 타고 가다가 뜻밖

의 분수를 발견하고, 우리는 그 정류장에 무작정 내렸다. 알고 보니 매우 유명한 분수였다. 바젤에서 성장하고 미술학교를 다녔던 '장 팅겔리(Jean Tinguely)'라는 스위스 예술가의 작품이었다. 팅겔리는 평소에 그냥 버려지는 금속 재료들을 모아 붙이고 거기에 동력을 가미한 작품들을 주로 만들었다고 한다.

검은색 고철들이 기묘하고도 우스꽝스러운 모습으로 삐걱삐걱 움직이며 이곳저곳 물총을 쏘아 대는 이 신기한 분수는 우리를 홀리기에 충분했다. 어떤 건 마치 바퀴에서 떼어 온 것 같고, 또 어떤 건 악기의 몸체 같기도 했다. 어떤 건 모터가 있어서 움직이지만, 또 어떤 부분은 물레방아처럼 스스로 움직이기도 했다. 기발하고 재미있기로는 단연 최고였다.

한참 멍하니 분수를 쳐다보던 아이들이 놀이를 시작했다. 바닥에 떨어져 있는 나뭇가지를 집어 들더니 분수대 안에 살짝 담그는 것이었다. 뭐하나 싶어 보니, 낚시질 흉내를 내고 있었다.

"겸아, 뭐 잡았어?"

"고래요."

"우와, 고래 잡았어? 대단하네! 이번엔 또 뭐 잡을 거야?"

↑
베르사유의 음악 분수에서
눈을 떼지 못하는 겸이.

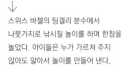

↓
스위스 바젤의 팅겔리 분수에서
나뭇가지로 낚시질 놀이를 하며 한참을
놀았다. 아이들은 누가 가르쳐 주지
않아도 알아서 놀이를 만들어 낸다.

 베르사유에서는 매해 봄부터 가을까지
분수 쇼를 진행하고, 여름에는 폭죽 쇼도
열린다. 이 분수 쇼의 역사가 350년이나
된다고. 매년 일정이 조금씩 달라지므로
미리 검색하고 가는 건 필수.

→
"분수는 다 좋아요!"
"겸아, 그런데
손가락은 두 개만 펴야 V(브이)인 거야!"

"상어."

"상어? 진짜? 상어 잡을 거야?"

"상어 잡았어요."

"그래, 상어도 잡았네. 낚시 엄청 잘한다, 우리 아들."

두 아들은 나뭇가지를 하나씩 손에 잡고 분수대 난간에 사이좋게 붙어 앉아 낚시 놀이를 했다. 엄마와 아빠는 아이들이 나뭇가지를 허공으로 들어 올릴 때마다, 오징어 잡았네, 고등어 잡았네, 아는 물고기 이름을 총동원해서 호들갑을 떨어 주었다. 아이들은 신이 나서 나뭇가지를 내렸다 올렸다 하고, 그때마다 아빠 엄마는 장단 맞춰 주느라 목소리가 커졌다 작아졌다 하고. 그야말로 환상의 짝꿍.

아이들과 놀아 주는 일은 참 단순하다. 단순해서 쉽지만, 그 단순한 일을 반복하는 건 무척 곤혹스럽다. '아이들과 재밌게 놀아 줘야지' 마음먹고 시작했다가도 얼마 못 가 내가 먼저 나가떨어지곤 했다. 왜 그럴까? 곰곰이 생각해 보니, 내가 아이들 눈높이에 맞춰 시선을 낮추지 못해서였다. '이런 건 수준 낮아'라고 판단하는 마음으로, '노는' 게 아니라 '놀아 주기'를 하며 선심 쓰는 행세를 했다. 이미 커버린 우리가 다시 어린아이 같은 마음을 가진다는 것이 원래 불가능한 일인지도 모르겠다.

그래도 노력은 했다. 특히 여행 기간 동안, 남편과 나는 아이들과 노는 일 말고는 할 일이 없었다. 작심하고 그 일을 하려고 간 여행이었다. 그래서 때마다 아이들과 잘 놀아 보려고 노력했다. 가능하면 서로 기분 좋은 일만 만들기 위해 조심했다. 어찌 보면 일부러 만들어 낸, 작위적이라 할 수도 있는 시간이었다. 그런데 당시 우리 가족에겐 비록 조작된 것일지라도 그런 시간들이 필요했다. 육아에 지치고, 아이의 '자폐 가능성'이라는 충격에 이중으로 지친 나에게, 말은 못하지만 분명 마음이 답답하고 힘든 겸이에게, 무거운 책임을 진 가장으로서 지혜롭게 앞길을 헤쳐 나가야 할 남편에게, 앞으로의 긴 인생길을 함께 걸어갈 가족으로 묶인 둘째 민이에게. 마냥 기쁘고 즐겁고 행복한 시간의 보따리들이 필요했다. 그 보따리들이 우리의 모나고 뾰족해진 곳들을 감싸 주길 바랐다. 어긋나고 끊어진 마음들을 이어주길 바랐다. 우리의 여행지들은 그 선물 보따리들을 장만하러 떠난 장터에 다름 아니었다.

분수를 보며 아이가 자주 행복해해서 기뻤다. 사소한 놀이만으로도 자꾸 웃어서 좋았다. 작지만 폭신한 보따리들을 주섬주섬 챙겨 담으면서, '떠나오길 잘했구나!' 생각하는 날들이 쌓여 가고 있었다.

낯선 경험들의
시작

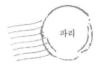

퐁텐블로 궁전과 회전목마

파리에서 방향을 바꿔, 자동차로 좀 멀리 떠나 보기로 했다. 한 시간쯤 달려 도착한 퐁텐블로 궁전. 나폴레옹 1세가 유배를 떠나기 전까지 살았던 곳이다. 궁전 안에는 많은 방들이 있고, 각 방들은 화려한 벽지와 커튼들, 번쩍이는 금빛 소품들로 가득 차 있었다. 그런데 방과 방을 건너다니는 사이, 아이들에게는 또다시 '지루함'이라는 손님이 찾아왔다. 아이들이 힘들어하는 모습을 보고 마음이 급해진 나는 "이 방이나 저 방이나 다 그게 그거 같다"며 남편을 재촉해 밖으로 나왔다.

정원으로 향하는 문을 열자마자, 아이들은 감옥에서 탈출하는 빠삐용처럼 앞으로 달리기 시작했다. 그곳에는 아이들이 좋아하는 분수도 있었는데, 그 안에는 백조 몇

72

마리가 고고한 자태로 떠다니고 있었다.

"엄마! 엄마! 오리, 오리!"

"겸아, 오리가 아니고 백조야. 백조!"

"아니야, 오리야! 엄마 오리!"

녀석, 우길 걸 우겨라! 그 후로도 한동안 겸이는 백조를 볼 때마다 '엄마 오리'라고 우겼다. 오리보다 크니까 '엄마 오리'라고 생각했던 모양이다. 그래도 여행 중반을 넘어갈 즈음엔 '커다란 하얀 오리(?)'의 이름이 '백조'라는 걸 인정하게 되었다. 어쨌든 아이들은 궁전 내부 견학의 따분함을 홀홀 털어 버린 채, 정원에서 분수를 보며 좋아하고, 백조를 쫓아다니며 깔깔댔다. 가지고 있던 빵 조각을 뚝뚝 뜯어 던져 주면 유유히 헤엄쳐 다가오는 백조들을 보며 즐거워했다.

신기한 건, 덩치가 꽤 큰 백조를 보고도 겸이가 무서워하지 않았다는 것이었다. 길을 가다가 조그만 강아지만 만나도 화들짝 놀라 내 등 뒤로 숨던 아이였는데, 어째서 백조는 무섭지 않았을까? 착해 보이는 백조의 생김새 때문이었을까? 몸가짐이 점잖고 조용한 이 새는 자기를 해치지 않을 거라는 확신이 들었을까? 그 뒤로 유럽 곳곳에서 호수나 강이 있는 곳이면 어디서든 야생 오리나 백조를 만날 수 있었다. 동물원이 아닌 곳에서 자유롭게 날아다니는 백조를 만나는 것은 새롭고 흥미로운 경험이었다.

겸이의 백조 사랑은 여전히 진행형이다. 백조 외에도 오리, 앵무새, 큰부리새 등을 좋아해서 동물원에 가면 꼭 조류관에 들려야 한다. 그런데 근래엔 조류독감(AI) 때문에 동물원에 가도 새들을 볼 수 없을 때가 많았다. 겸이는 그때마다 눈물이 그렁그렁해진 눈으로 "백조 보고 싶은데……. 백조랑 앵무새 보고 싶은데……. 엄마, 속상해요" 하면서 슬퍼하곤 한다.

프랑스 여행 중에 아이가 무서워하지 않게 된 또 한 가지가 있다. 그날은 파리 시내를 걷다가 우연히 파리 시청 앞에 도착한 날이었다. 그곳에도 마침 분수가 있어서 구경하느라 잠깐 멈춰 있는데, 시청 앞 광장에 회전목마가 있었다. 놀이동산에나 있을 법한 기구가 시청 앞에 떡하니 자리 잡고 있는 것도 참 생경했다. 이미 저녁 8시가 가까워지고 있었다. 표를 파는 분께 물어보니 마지막으로 한 번만 더 운행하고 퇴근하신다 했다. 혹시나 하는 마음으로 겸이에게 물어보았다.

"겸아, 저거 타볼래?"

"……."

"아빠랑 같이 타자! 아빠도 타고 싶어."

이렇게 말하며 남편이 아이의 손을 살짝 잡아끌었다.

↑
원래는 파리의 왕족들이 수렵을 즐길 때 묵었던 작은 집이었는데,
16~18세기에 증축을 거듭해 호화롭게 변모한 퐁텐블로 궁전.
유네스코 세계문화유산이기도 하다. 이곳 정원의 터줏대감 같은 백조와 함께.

어라? 웬일로 아이가 순순히 따라가기 시작했다. 세상에! 겸이가 진짜 저걸 타는 거야? 처음엔 긴장한 표정으로 손잡이를 꽉 잡고 있던 아이의 얼굴에 천천히 미소가 번졌다. 한 바퀴, 두 바퀴, 세 바퀴, 네 바퀴…… 아이가 내 쪽으로 향해 올 때마다 큰 소리로 아이의 이름을 부르며 두 손을 흔들었다. 아이 얼굴에도 내 얼굴에도 웃음꽃이 함박 피었다. 장하다, 우리 아들! 드디어 해냈구나!!!

천천히 돌아가는 회전목마 타기. 어떤 가족에게는 그냥 평범하고 별일 아닌 일일지도 모른다. 하지만 우리에게는 그 사건이 무척 특별했다. 왜냐하면 그게 다섯 살 겸이가 여태껏 가졌던 두려움을 극복하고 처음으로 올라 탄 놀이기구였기 때문이다. 가끔 길가나 마트 안에 보면, 오백 원짜리 동전을 넣고 올라타는 탈것 모양의 장난감들이 있다. 멈춰 있는 상태에서는 관심을 보이고 타보기도 하는데, 동전을 넣어 기구가 작동하는 순간, 기겁을 하며 도망치던 아이였다. 아무리 타보라 해도 등 뒤에 숨어 꼼짝하지 않는 아이 때문에 아깝게 허비한 오백 원짜리가 여러 개였다. 그런데 그렇게 겁이 많던 아이가 이날 난생 처음으로 놀이기구를 타게 된 것이다.

어느새 캄캄해진 늦은 저녁. 밤에도 쉬지 않고 물줄기를 뿜어 대는 파리의 분수들. 조각으로 가득 찬 화려한

건물들. 등대처럼 높이 솟아 파리 시내 사방을 향해 빛을
쏘아 대는 에펠탑. 오늘의 마지막 회전목마에 올라탄 채,
빙글빙글 돌아가며 손을 흔드는 사랑스런 다섯 살 꼬마.
다시 생각해도 코끝이 시큰거린다. 완벽하게 아름답고 낭
만적이었던 그 순간. 프랑스 여행의 하이라이트이며, 내
인생에서 결코 잊을 수 없는 또 하나의 명장면이다.

놀이터의
행복

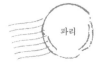

플로라 파크

여행을 떠나면서 제일 걱정스러웠던 것 한 가지는 숙소나 음식, 혹은 잘 통하지 않을 언어가 아니었다. 우리가 가장 조마조마한 마음으로 지켜본 것은 겸이가 낯선 환경에 처했을 때 많이 힘들어하지는 않을까, 처음 보는 사람들과 잘 어울릴 수 있을까 하는 점이었다. 그런데 웬걸? 뜻밖에도 겸이는 딱 '여행 체질'이었다.

하루는 파리의 한 패스트푸드 가게 야외 테이블에 자리를 잡고 앉았다. 유럽의 패스트푸드 가게들은 보통 야외 테이블 옆에 작은 놀이터를 설치해 놓는다. 그곳에도 작은 미끄럼틀이 있었다. 이미 아이들 세 명이 신나게 뛰어놀고 있었다. 뭐가 그리 재미있는지 하도 큰 웃음소리가 나기에 쳐다보니, 삼남매가 하고 있는 놀이는 쉽게 말해 '까꿍 놀이'였다. 민이 또래의 막내 남동생이 미끄럼틀을 타고 내려오면, 아래에 숨어 있던 두 누나들이 "와아" 하면서 고개를 들고 놀라게 해주고 있었다. 막냇동생이 깔깔대며 웃고, 그러면 누나들도 함께 웃고. 보고 있는 사람도 같이 웃게 만드는, 참 따뜻하고 사랑스러운 장면이었다.

그런데 우리 아이들이 그쪽으로 다가갔다. 순간 나는 긴장했다.

'이미 프랑스 아이들이 놀고 있는 저곳에서 우리 아이들도 잘 어울려 놀 수 있을까? 저 아이들이 동양인인 우리 아이들을 끼워 줄까? 저리 가라고 밀치거나 이상한 시선으로 쳐다보면 어쩌지?'

하지만 이런 내 걱정은 말 그대로 기우였다. 더 놀라웠던 건, 그 '까꿍 놀이'에 우리 아이들이 합세했다는 것이다. 막냇동생이 내려올 때까지 숨어 기다렸다가 "와아" 하고 외치며 놀라게 해주는 일을 이젠 두 누나만이 아니라 우리 아이들도 함께하고 있었다. 겸이가 하도 커다란 소리를 내며 과장된 몸짓으로 웃어 대는 통에, 처음엔 '이 애들은 뭐지?' 하는 눈빛으로 겸이를 쳐다보던 프랑스 아이들도, 조금 후엔 자연스럽게 우리 아이들을 자기들 놀이에 끼워 주었다. 아니, '끼워 주었다'는 표현도 틀릴지 모르겠다. 원래부터 같이 놀았던 것처럼, 그냥 그렇게 같이 하는 것, 그 이상도 이하도 아니었다. 겸이, 민이가 이 놀이를 어찌나 신나 했는지 모른다. 재미있어 죽겠다는 표정으로, 입을 크게 벌리고 웃어 대던 아이들의 모습이 아직도 눈에 선하다.

전에 겸이는 한국 놀이터에서 이렇게 환한 웃음을 지으며 남들과 어울려 논 적이 없었다. 특별히 어떤 이유가 있어서 그랬는지는 잘 모르겠다. 어쨌든 당시 겸이는 겁이 많았고, 낯선 사람을 싫어했고, 또래와도 잘 어울리려 하지 않았다. 놀이터에 큰 형들 여러 명이 미끄럼틀을 장악이라도 하듯 몰려 있을 땐, 내 바짓가랑이를 붙들고 아예 접근조차 하지 않았던 아이였다. 그랬던 아이가, 이날은 왜 이렇게 시원한 웃음소리를 내며 함께 어울려 놀 수 있었을까?

비슷한 경험이 또 한 번 있었다. 우리가 파리에서 보내는 마지막 날 방문한 플로라 파크. 솔직히 별 기대를 하지 않고 간 곳이었는데, 곳곳에 놀이터가 있어서 아이들이 무척 좋아했던 곳이다. 각각의 놀이터는 연령대 별로 나뉘어져 있어서 아이들이 자신의 신체 수준에 맞게 안전하게 놀 수 있었다.

두 아이를 제일 흥분시킨 놀이기구는 미끄럼틀이었

다. 한국에서 흔히 보는 미끄럼틀을 떠올린다면 오산이다. 여기 미끄럼틀은 길이가 9미터쯤 되는 것 같았고, 높이도 건물 2층 높이 이상이었다. 미끄럼 한 번을 타기 위해 계단을 올라가는 일이 '운동'이 되게 만든 놀이기구라고나 할까? 숨을 헐떡거리고 땀을 줄줄 흘리면서도 계단을 올라가 자기 순서를 기다리고, 차례가 되면 슝 미끄러져 내려와 쿵 엉덩방아를 찧고 푸하하하 웃어 대기를 몇 번이나 했을까. 이제 힘드니 그만하라고 말려도 소용없었다. 이날 아이들은 신나게 미끄럼을 타고, 프랑스 향수 저리 가라 향기를 뿜어내는 꽃밭 사이를 뛰어다니고, 작은 레일 기차도 타고, 아이스크림도 먹고……. 지루할 틈 없이 알찬 하루를 보냈다.

집에 돌아오는 길, 차 안 카시트에 뻗어서 잠들어 버린 두 아이를 보며 얼마나 뿌듯했는지. 우리가 여행을 온 목적이 이거였으니까. 아이들이 신나서, 재미있어서, 행복해서 뻗을 만큼 아빠 엄마가 놀아 주겠다고 약속하고 온 거였으니까. 우리의 첫 여행지 파리를 떠나기 전, 적어도 그날 하루만큼은 그 약속을 백점 만점으로 지킨 것 같아서 참 다행이다 싶었다.

요새 겸이와 민이는 얼마나 많이 웃으며 지내고 있는지, 큰 소리를 내며 배꼽이 빠질 정도로 웃는 일은 얼마나

숲이자 공원이며, 식물원이자 놀이터
였던 파리의 플로라 파크. 놀이터
바닥에는 작은 나무껍질 조각들이
가득 채워져 있어, 아이들이 넘어져도
다치지 않을 만큼 푹신했다.

→

4인용 빨간 자전거를 대여해서
공원 한 바퀴를 돌 수 있다.
얼굴로는 웃고 있는 아빠 엄마는 사실
열심히 다리 아프게 페달 돌리는 중.

↑
그 높이와 길이에 놀랐던 미끄럼틀.
유럽 곳곳에서 만난 놀이터들은
저마다 스릴 넘치는 생생한 재미를
아이들에게 안겨 주었다.

자주 있는지 새삼 돌아보게 된다. 우는 일보다는 웃는 일이, 슬픈 일보다는 기쁜 일이, 지루한 일보다는 재미있는 일이, 외로움보다는 어울리는 기쁨이 우리 아이들에게, 모든 아이들에게 더 많았으면 좋겠다.

불안은
저 멀리

여행 전의 겸이는 처음 보는 사람이 다가오기라도 하면 즉각 경계심을 드러내고 두려움에 휩싸이는 아이였다. 길거리에서 누가 귀엽다며 말을 걸거나 머리를 쓰다듬기만 해도 멀리 뛰어가 버리거나 소리를 질렀다. 이런 일이 다반사였다. 그런데 여행을 마치고 돌아와 3개월 만에 다시 간 교회에서 믿을 수 없는 일이 일어났다. 광고 시간에 앞에 나가 무사히 돌아왔다는 짧은 인사말을 마치고 돌아오는데, 내 앞에 걸어가던 겸이가 오른손을 들더니 의자 맨 끝에 앉아 있는 분들과 차례로 악수를 하며 걸어가는 것이었다. 세상에! 교인들은 그런 겸이를 반겨 주시며 밝은 얼굴로 손잡아 주셨다. 아이는 그런 반응에 더 신이 나서, 열 명도 넘는 분들과 악수를 했다. 3개월 전, 사람들을 향해 "괴물이다!"를 외치며 뛰어다니던 그 아이가 정말 맞나? 내 눈을 의심했다. 아이가 달라진 것이다.

불안감이 많은 아이를 먼 땅에 데려가야 하다 보니 여행을 떠나기 전 남편에게 "우리 미리 이태원이라도 가봐야 하는 거 아니야? 피부색 다른 외국 사람들 처음 보면 놀랄 수도 있는데, 미리 체험학습이라도 해야 할 것 같아"라고 제안하기도 했었다. 어른도 처음 외국에 나가면 긴장되고 떨리기 마련인데, 저 아이는 오죽할까, 무슨 조치나 대비가 필요한 건 아닐까 싶었다.

하지만 아이는 우리의 예상보다 훨씬 더 잘 적응했다. 자기 인생

4년 만에 처음 본 낯선 피부색에도 전혀 거리낌을 보이지 않았다. 우리가 전에 알던 겸이가 맞나 싶을 정도였다. '그동안 너무 쓸데없는 걱정을 하고 있었나?' 그런 의문마저 들었다.

겸이가 사람들과의 어울림을 예전보다 힘들어하지 않고, 훨씬 더 편안히 여기게 된 이유가 무엇일까 생각해 봤다. 여러 가지 이유가 있겠지만, 짐작해 보기로는 아마도 겸이의 불안감이 여행을 하는 동안 어느 정도 해소됐기 때문이 아닐까. 전과 달리, 매일 아침부터 밤까지 아빠 엄마가 자기와 함께 놀아 주고, 자기의 요구를 수용해 주기 위해 애쓰고 있다는 걸 느꼈을 것이다. 어디를 가든, 아빠와 엄마가 자신과 늘 함께 붙어 있어 준다는 사실이, 평소에 분리불안을 갖고 있던 아이에게 안정감을 주었을 것 같다.

하나 더, 겸이가 편안한 마음으로 뛰어놀며 자기의 감정을 발산할 수 있었던 이유 중 하나는 우리가 찾아갔던 그 장소들의 분위기 덕분인 듯하다. 장소와 사람들의 분위기가 겸이를 긴장시키지 않았던 것이다. 그곳에서 만났던 어느 누구도 우리를 적대시하지 않았고, 불편한 감정을 느끼게 하지 않았다. 수용적이고 친절했고 활기찼다.

패스트푸드 놀이터의 삼남매가 그랬고, 플로라 파크에서 뛰어놀던 아이들이 그랬다. 우리 아이들은 프랑스어 한 마디 할 줄 몰랐고, 키가 작은 아이들이었음에도 불구하고, 그 누구한테도 밀쳐짐을 당하거나 자기 순서를 새치기당하지 않았다. 겸이도, 민이도 그런 분위기를 몸과 마음으로 느끼면서 편히 지낼 수 있었던 게 아닐까 싶다. 특별한 치료 프로그램은 없었지만, 아이의 부정적 고집행동이나 불안, 두려움 등이 여행을 하며 많이 해소된 것은 확실했다.

뭘 먹고
사니?

호텔 듀

칼, 도마, 세제, 식용유, 소금 등등. 아무리 간소하게 산다
고 해도 네 식구가 밥 먹고, 씻고, 빨래하려면, 꼭 필요한
물건들이 있기 마련이다. 그런 의미에서 동네마다 있는
대형 마트들은 우리에게 고마운 존재였다. 우선은 신용카
드만 내밀면, 그 나라 말을 할 줄 몰라도 구매가 가능하니
좋았고, 식비를 아끼기 위해 애쓰는 우리에게 저렴한 식
재료를 공급해 주었으며, 유럽인들의 의식주 문화에 대해
서도 어깨너머 짐작해 볼 수 있게 해주는 곳이었으니 말
이다. 어쨌든 라흐디 마을 줄리네 집에서 머문 2주 사이
에 우리의 짐 보따리는 처음보다 더 늘어나 있었다.

　　우리의 첫 민박집이었던 줄리네 집은 파리 교외 라
흐디 마을 끝자락에 위치해 있었다. 우리가 머문 방은 지

← 민박집 주인 쥴리 그리고 쥴리의
멋진 개와 함께.

← 14일간 머물렀던 파란 벽의 다락방.
지붕창으로 들어오던 햇살과 창문
너머 보이던 말 목장 풍경이 그립다.

봉 바로 아래 다락 층이었다. 침대와 붙박이장이 있는 방 하나, 화장실 하나, 그리고 주방 겸 거실인 곳에 작은 침대 하나 더. 천장이 세모꼴로 비스듬한 데다 올라가는 계단이 좁아서 살짝 불편하긴 했지만, 나름 있을 건 다 있었고, 간소한 대로 사는 것도 나쁘지 않았다.

집주인 쥴리는 소르본느 대학에서 경제학을 전공하고, 현재는 근처 고등학교에서 경제 과목을 가르치고 있다고 했다. "어떻게 공부해서 소르본느 대학에 갔느냐?"고 묻는 남편에게 쥴리는 웃으며 "그냥 선생님 말씀 잘 듣는 착한 학생이어서 간 거다"라고 대답했다. 남들이 부러워할 만한 명문대를 졸업하고도 자기가 태어난 고향에 돌아와 학생들을 가르치며, 이것이 자신의 꿈이었다고 말하는 이 젊은 처자가 어찌나 멋져 보이던지!

파리를 떠나기 이틀 전날 저녁, 우리는 쥴리를 2층으로 초대해 돼지목살소금구이(우리네 삼겹살을 그리워하며 만든), 토마토 스파게티, 샐러드, 김치를 대접했고, 후식으로는 믹스 커피를 냈다. 김치는 좀 힘들어했지만, 달달한 한국식 커피를 맛있다며 홀짝이던 쥴리는 다음날 저녁엔 우리를 아래층으로 초대해서 '프랑스 요리'를 만들어 주었다. 바게트와 카망베르 치즈, 오븐에 구운 통닭, 직접 만든 복숭아 파이도 맛있었지만, 쥴리가 직접 담갔다는 와인은 정말 환상적이었다. 수줍지만 따뜻한 미소로 손님을 반겨 주던 주인 줄리. 지금도 그 온화한 얼굴이 기억에 남는다.

터질 것 같은 자동차 짐칸에 꾸역꾸역 짐을 밀어 넣고, 줄리와 작별 인사를 한 후 다음 도착지인 프랑스의 소도시 '본느'로 향했다. 걸을 때마다 삐걱삐걱 소리가 나는 다락방에 살다가 오랜만에 드러누운 호텔방 침대는 어찌나 푹신하고 편안하던지. "아이고, 좋다"라는 소리가 저절로 나왔다.

잠시 쉰 후에 마을 구경에 나섰다. 마을 둘레를 도는 미니 기차가 있다고 해서 정류장 앞에서 한참을 기다렸는데, 아쉽게도 우리 말고는 탑승자가 없어서 운행을 못한다고 했다. 두 아이를 끌어안고 아쉬운 마음을 달래면서 주위를 둘러봤다. 정류장 바로 맞은편에 '호텔 듀(hotel-Dieu)'라는 건물이 있었다. 입구는 여느 집들과 별다를 바 없어서, 이 안에 뭐가 있기에 입장료까지 내고 들어가야 하나 싶었지만, 궁금한 마음이 들어 가보기로 했다.

작은 입구와 달리 안쪽은 가운데가 확 트인 입구 자(ㅁ) 모양의 큰 건물이었다. 알고 보니 이곳은 중세 시대에 수도사와 수녀들이 가난한 병자들을 거두고 돌보던, 지금으로 말하면 자선병원이었다. 방 하나 방 하나마다

 →
호텔 듀는 1443년에 니콜라 로랭이라는
귀족이 그의 재산을 기부하여 가난하고
병든 이들을 위해 설립한 병원이다.
이후로도 본느 인근 지방의 많은
사람들의 기부와 봉사로 이어졌고,
병원에서는 운영자금 마련을 위해
와인경매 사업을 시작했는데, 그것이
지금은 이 마을의 큰 축제로 이어지게
되었다고 한다.

어떤 용도로 쓰였는지 간단한 설명이 적혀 있었고, 사람 크기의 마네킹들을 세워서 당시 모습을 재현해 놓고 있었다. 제일 큰 병실에는 환자들이 쓰던 침대 스무 개 정도가 양쪽 벽에 가지런히 배열되어 있었다. 약방도 있었고, 주방도 있었다. 주방 안의 냄비와 식기들, 거대한 오븐 등을 보니 많은 환자들의 먹을거리를 준비하느라 고생했을 사람들의 수고가 고스란히 느껴졌다.

남편과 내가 번갈아 가며 건물 안을 둘러보는 사이, 아이들은 야외 뜰에서 시간을 보냈다. 기다리는 지루함을 잊는 좋은 방법 중 하나는 간식 먹기. 심각한 편식주의자 첫째는 그 어떤 종류의 과일도, 어떤 종류의 면류도 먹지 않았다. 여행하는 3개월 내내, 유럽 그 어디에나 흔하고 흔하게 널린 빵 한 조각도 먹지 않았다. 그런 겸이가 유일하게 좋아했던 간식은 바로 초콜릿 맛 시리얼이었다. 한국에서도 먹어 봤던 것이라 아이가 거부감 없이 먹을 수 있었다. 다만, 낯선 음식은 무조건 거부하는 겸이의 특성상, 이 시리얼도 특정 상표의 특정 모양만을 고집하다 보니, 이후 나라를 옮겨 갈 때마다 슈퍼에 가면 눈에 불을 켜고 그 제품을 찾아다녀야 했다. 다행히도 여행이 길어지는 도중 겸이의 마음도 너그러워졌는지, 처음엔 동그란 공 모양만 고집하다가 나중엔 네모난 모양도 먹게 되긴

94

했다. 이 정도도 의미 있는 진보였다.

우리는 호텔 조식이 무료 제공되지 않는 이상, 아침은 바로 만들어 먹었고, 점심은 도시락을 쌌고, 저녁도 대부분 숙소에 돌아와 먹었다. 그래서 우리는 꼭 취사가 가능한 곳을 숙소로 잡았다. 민이는 그래도 빵이라도 먹었지, 겸이는 빵조차도 입에 대지 않으니, 무조건 밥을 싸들고 다녀야 했다. 난 매일 전기밥솥에 밥을 해서, 아이들 아침을 먹이고 점심 도시락으로 볶음밥을 만들곤 했다. 그나마 채소와 고기를 잘게 썰어서 만든 볶음밥은 내치지 않고 먹어 준 덕분에, 아이들의 영양실조를 면할 수 있지 않았나 싶다.

나와 남편은 주로 샌드위치를 해 먹었다. 빵에 버터와 잼을 바르고, 치즈, 햄, 양상추나 토마토 같은 채소를 넣은 간단한 샌드위치와 제철 과일로 도시락을 꾸렸다. 우리만 그런 게 아니라, 다니면서 보면 길거리에서 그렇게 점심을 먹는 현지인들이 수두룩했다. 그러니 우리도 유럽인의 삶을 살았다고 보면 되겠다. 저녁은 그래도 잘 챙겨 먹으려 했는데, 고맙게도 유럽은 육류가 싼 편이라 종종 고기를 사서 구워 먹곤 했다. 가끔 아이들과 외식을 하기도 했는데, 자주 간 곳은 '맥***' 같은 패스트푸드 가게였다. 사실, 아이들의 건강을 생각한다면 안타까운 일이지만 어쩌겠

← 파리에서 바게트에 맛을 들인 민이는
이후 어디서건 빵을 잘 먹는
'빵돌이'가 되었다. 반면, 겸이는
여행 내내 빵 한 쪽 입에 대지 않는
'밥돌이'였다.

← 본느의 한 식당에서 '오늘의 요리'를
주문했다. 야외 테이블에서
따뜻한 햇살을 받으며 먹는 음식이
그 무엇인들 맛있지 않을까.

는가! 두 아이가 함께 먹을 수 있는 간식이라곤 그놈의 감자튀김과 닭튀김뿐인 것을……. 그리고 보니, 제대로 된 식당에서 음식을 사 먹은 일은 90일 중 채 열 번이 되지 않는다. 아! 나도 다음엔 꼭 '맛집 투어' 하고 싶다!

스위스 베른에 갔을 때였다. 그날따라 한국 음식이 무척 그리웠다. 아니 정확히 말하면 '남이 차려준' 한국 음식이 너무나 먹고 싶었다. 여행객들이 많이 가는 '인터라켄'에 한국 식당이 있다는 사실을 책에서 찾아낸 후, 베른의 장미공원에서 놀고 있던 아이들을 부랴부랴 차에 태우고 인터라켄으로 출발했다. 만년설 뒤덮인 멋진 산들이 병풍처럼 둘러쳐 있는 멋진 코스를 드라이브 한 끝에 마침내 식당에 도착했는데, 어? 문이 열리지 않았다. 이럴 수가! 그날은 식당 휴무일이었다!

"여보, 우리 그날 저녁에 뭐 먹었더라?"

"아마 숙소에서 라면 끓여 먹었을걸?"

두 번째 소풍

스위스

다시
겨울이야!

리기 산

스위스 민박집은 우리가 가장 기대했던 곳이다. 고속도로에서 빠져나온 후로도 인적 드문 국도와 꼬불꼬불한 산악도로를 30분이나 달려야만 갈 수 있는 작은 마을 울센바흐. 그 마을에서도 차로 5분쯤 조심조심 언덕 위를 올라가야 하는 곳에 집 몇 채가 띄엄띄엄 자리 잡고 있었다. 벌써 저녁 8시였다. 이미 한 번 길을 잘못 들었다가 한참 돌아 나온 후였다. 가로등도 없는 길이 너무 어두워서 설설 기어가듯 가고 있는데, 마지막 갈림길이 나왔다.

"어느 쪽으로 가야 하지?"

"모르겠네. 그런데 여보, 오른쪽 길에 아이 자전거가 하나 있어. 여긴가?"

"그런가? 한번 가보자."

어린이용 자전거 하나가 향해 있는 쪽으로 방향을 틀었다. 그 길의 막다른 곳에 바로 우리가 찾던 바바라네 집이 있었다. 알고 보니, 그 자전거는 막내딸 멜라니가 우리를 위해 미리 놓아 둔 표지판이었다.

우리가 이런 산골짝에 있는 민박집을 택한 이유는 여러 가지였는데, 저렴한 비용 때문이기도 했고, 가능하면 자연과 가까이 있고 싶어서이기도 했다. 그리고 또 하나 제일 큰 이유는 이 집의 세 딸 때문이었다. 민박집 소개 사이트를 뒤지다가 발견했던 바바라의 집은 풍경도 멋졌지만, 딸 셋과 함께 찍은 가족사진이 우리의 눈길을 끌었다. 아이가 있는 집이라면, 우리 아들들이 조금 소란을 피워도 이해해 줄 것 같았고, 혹시라도 맘씨 착한 세 딸들이 우리 아이들과 함께 놀아 준다면 그보다 더 좋은 일이 없을 것 같았다.

감사하게도 이런 우리의 소망은 바바라의 집에서 모두 이루어졌다. 안주인인 바바라는 그 풍채만큼이나 마음씨도 넉넉해서 밤늦게 도착한 우리를 환한 웃음으로 맞아주었다. 갓 구워 김이 모락모락 나는 따뜻한 빵과 신선한 달걀도 선물이라며 건네주었다(나중에 보니 그 집 2층에 닭들이 살고 있었다. 2층으로 올라가는 계단을 기준으로, 2층의 오른쪽은 바바라네 집, 왼쪽은 닭장이었다).

←

바바라네 집 마당엔 작은 그네와 시소도
있었다. 자기 집 마당에 그네와 시소를
만들어 놓는 스케일이라니…….
부럽기만 하다.

↑
바바라네 집에서 언덕 아래를 바라다
보니, 넓고 푸른 잔디를 자유롭게 노니는
소들이 보였다. 마을 어디서나, 차를
타고 지나는 지역 어디서나 이처럼
행복한 소와 양들을 자주 보게 된다.

집도 무척 마음에 들었다. 1층 전부를 우리에게 쓰라
며 안내해 주었는데, 넓은 거실에 침실 두 개, 번쩍번쩍
광나는 주방과 욕실까지 있었다. 할 수만 있으면 앞으로
의 일정일랑 다 취소하고 계속 여기 살고 싶을 정도였다.
주방에 없는 건 딱 하나, '젓가락'뿐! 그밖에 모든 살림살
이들이 완벽히 갖춰져 있었고, 욕실엔 세탁기까지 있어서
밀린 빨래를 눈치 안 보며 해결할 수 있었다.

최고의 숙소에서 맞이한 첫 번째 아침, 이날도 도시
락 싸들고 길을 나섰다. 스위스에서 제일 가볼 만하다는
루체른. 그곳에 도착하자마자 가장 먼저 눈에 띈 것은 커
다란, 정말 커다란 호수였다. 이름도 어려운 '피어발트슈
테터 호수'는 그 규모가 어마어마해서 그냥 바다라고 해
도 될 것 같았다.

호숫가에서 점심을 먹고, 리기(Rigi) 산의 입구인 '피
츠나우(Vitznau)'로 가는 유람선에 올라탔다. 호수 양옆으
로 지상 낙원 같은 풍경들이 펼쳐졌다. 아찔한 높이의 설
산들이 먼 배경으로 깔리고, 해변의 가파른 언덕마다 별
장 같은 집들이 콕콕 박혀 있는 모습은 언젠가 달력 사진
에서 보았던 이국적 풍경 그대로였다.

'피츠나우'에 도착해, 리기 산의 정상인 '리기 쿨룸'
으로 가는 산악 열차에 탑승했다. 리기는 '산들의 여왕'

↑

리기 산에서 내려다본 피어발트슈테터 호수의 한 자락.
호수의 둘레가 133킬로미터에 달한다.

이라고 불리는 해발 1,797미터의 산. 걸어서 올라가야 한다면 내 평생 오를 일 없을 뿐더러, 어린아이들은 꿈도 못 꿀 일이었을 텐데, 이렇게 기찻길이 깔린 덕분에 편히 앉아 오를 수 있으니 참 고마운 세상이다.

4월 중순경의 리기 산은 연초록빛으로 뒤덮이고 있었고, 군데군데 예쁜 들꽃들이 한들한들했다. 그런데 아름다운 풍경에 감탄하며 올라간 산꼭대기는 생각보다 훨씬 추웠다. 산 아래는 분명 봄이었는데, 여기엔 곳곳에 눈이 쌓여 있었다. 멀리 보이는 험준한 알프스 산들마다 하얀 눈 고깔을 뒤집어쓰고 있었다. 아이들은 추위 따윈 아랑곳 없이, 여기저기 눈을 찾아 언덕을 뛰어다녔다. 한국과 프랑스에서 봄을 살던 아이들이 계절을 거슬러 다시 겨울을 만난 셈이었다.

↑
이 험준한 산에 기찻길을 놓는 문명의 힘도 놀랍고,
눈 덮인 산과 초록 잔디가 어울리는 오묘한 풍경도 감탄스럽다.

그렇게 말로만 듣던 '만년설'을 체험한 다음, 우리는 걸어서 산을 내려가 보기로 했다. 딱 한 정거장만 말이다. 솔직히 난 말리고 싶었지만, 이처럼 멋진 하이킹 코스는 두 번 다시 만날 수 없을 거라며 남편이 우겨 대는 통에 어쩔 수 없었다. 등산화도 없이, 울타리도 없는 아찔한 경사를 유모차 두 대에 두 아이를 앉힌 채 내려왔던 건, 지금 생각해도 정말 위험천만한 일이었다. 중간쯤 내려왔을 때, 바짝 긴장한 채 유모차 손잡이를 잡고 가던 내 손이 눈에 보일 정도로 덜덜덜 떨리기 시작했다. 다급한 목소리로 남편을 불러 세웠다.

"여보, 잠깐 멈춰 봐. 나 손이 너무 떨려. 이러다 놓치면 어떡해. 너무 무서워."

"그럼, 민이 유모차를 나한테 주고, 자기는 겸이랑 걸어가. 겸아, 엄마랑 손잡고 걸어갈 수 있지?"

브레이크를 걸어 유모차를 세운 후, 겸이의 안전벨트를 풀고 아이의 손을 잡고 나서야 나는 안도의 숨을 내쉴 수 있었다. 남편은 겸이가 타던 유모차를 접어 어깨에 메고, 민이를 태운 유모차를 밀기 시작했다. 산길에서 조금만 미끄러지면 바로 벼랑이었고, 해발 1,700미터 벼랑 아래는 아까 건너 온 그 깊고 넓은 호수였다. 하이킹은 무슨, 솔직히 발발 떨며 내려오느라 주변 경치는 제대로 감상하지도 못했다. 어휴, 간이 콩알만큼 쪼그라들었던 시간이었다.

　루체른 에피소드 하나 더! 중앙역 지하 마트에서 저녁거리를 사고 주차장에 갔다. 그런데 이럴 수가! 남편이 주차 티켓을 잃어버린 것이다. 들어올 때 자동으로 시간이 찍히고 주차비 정산이 끝난 티켓이었는데, 이걸 다시 사는 방법도 모르겠고 어쩌나 고민스러웠다. 할 수 없이 그냥 부딪쳐 보기로 하고 차를 몰아서 출구로 갔다. 마침 서 있는 직원에게 상황을 설명했는데, 그는 너무 쿨하게 우리를 믿고 문을 열어 주었다. 거짓말 못할 것처럼 생긴 남편의 선한 인상 때문인지, 아니면 그 직원의 마음씨가 좋았던 덕분인지 지금도 그 이유는 알 수 없다. 그래도 그 상황에서 그가 우리에게 베풀어 준 작은 친절은 그 멋진 도시 루체른을 잊을 수 없게 만든 또 하나의 이유가 되었다.

또 분수
이야기

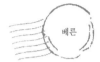
베른

제또 분수와 그 밖의 분수들

베른에 가기 전에도 몰랐고, 베른을 다녀온 지금도 긴가민
가하다. 스위스의 수도가 '베른(Bern)'이란 사실이! 그만큼
베른은 보통 한국인들이 '수도'라는 말을 듣고 떠올릴 만
한 그런 풍경을 보여 주지 않았다. 도시의 구시가지 전체
가 유네스코 세계문화유산이라는데 말해 무엇하겠는가.

　베른 역 근처에 주차를 하고, 베른 구시가를 동서로
가로지르는 '크람 거리'를 천천히 걸었다. 거리 양옆 인
도에는 비가 들이치지 않도록 지붕이 있는 석조아케이드
가 설치되어 있다. '라우벤(Lauben)'이라고 불리는데, 경사
가 있는 언덕 부분도 있고, 계단으로 이어지는 곳도 있어
서 유모차를 끌고 가기엔 조금 힘겹기도 했다. 그래도 즐
겁게 그 거리를 걸을 수 있었던 이유는 도로 중간중간에

자리 잡고 있는 분수들 덕분이었다. 분수마다 이름도 있었는데, '백파이프 연주자의 분수', '사수의 분수', '식인 귀의 분수', '삼손의 분수' 등 그 이름만큼이나 크기나 모양이 다채로웠다. 새로운 분수를 만날 때마다 겸이가 "엄마, 엄마! 분수야, 분수! 분수가 나와!"라고 외쳐 대는 통에 가다가 멈추고, 가다가 멈추고를 반복해야 했다.

사실 우리가 베른에 온 가장 큰 이유가 겸이에게 원 없이 분수를 보여 주고 싶어서였다. 베르사유 궁전 분수 쇼 때부터 줄곧 분수와의 사랑에 빠져 있는 겸이에게는 '분수의 도시' 베른이 딱일 것 같아서. 정말 도시 곳곳에 분수가 많긴 많았다. 다만 좀 아쉬운 점이 있다면, 그 분수라는 것이 내 시각으로 보자면, 어떤 건 정말 수도꼭지 같다고 해야 하나? 대부분 그 규모들이 소박하고 자그마해서 크게 놀라움을 주거나 하진 못했다는 것. 나중에 강변을 따라 걸으며 만났던 마을의 분수들은 실제로도 마을 공용의 수도로 쓰이는 듯했다. 작은 구멍에서 맑은 물이 퐁퐁퐁 솟아나고 있었는데, 사람들이 그 물을 물통에 받아서 마시기도 했다.

그나마 꽤 규모가 있는 큰 분수를 만난 것은 국회의사당 앞 광장에서였다. 연방제 국가인 스위스의 의회로 사용되는 이 건물 앞에는 26개 주를 상징하는 스물여섯 개의 물줄기가 뻗어 나오는 바다 분수가 있었다. 분수를 보는 건 사랑해도, 직접 물줄기 가까이 가는 건 엄청스레 무서워하는 두 아들은 그저 조금 떨어진 곳에서 그 분수를 바라보며 웃기만 했다.

스위스에 가서 꼭 보고 싶은 것 또 한 가지는 바로 제네바에 있는 '제또 분수'였다. 제또 분수는 스위스에서 가장 큰 '레만 호수(제네바 호수)' 안에 자리 잡고 있는데, 세계에서 세 번째로 높은 분수라고 했다. 이 거대한 분수는 물기둥이 시속 200킬로미터의 속도로 솟아오른다고 하니, 겸이가 무척 좋아하겠다 싶었다.

"겸아, 민아, 분수 찾아보자. 분수 어디 있나?"

이렇게 말하며, 그 유명한 제또 분수를 향해 눈길을 돌렸다. 에잉? 분수가 없는데? 분수 비슷한 것도 없는데? 드넓은 호수는 그저 바람결에 따라 출렁거릴 뿐이었다. 어? 분수 어디 갔지?

이유는 곧 알게 됐다. 이 분수는 강한 바람이 불거나 기온이 섭씨 2도 이하일 때는 가동하지 않는다는 걸. 그리고 그날이 마침 '강한 바람'이 마구 불어 대는 날이었다는 걸. 겸이보다도 내가 더 실망스러웠다. 사실 우리가 머무르고 있던 민박집은 스위스의 동쪽. 이날 분수를 보기 위해 달려온 제네바는 서쪽 끝. 분수 하나 보려고 그 멀고

↑
베른 시의 상징과도 같은 시계탑.
매 시마다 인형들이 나와서 시간을 알려 준다.

↑
베른에는 백 개가 넘는 분수대가 있다. 겸이 뒤편에 있는 것은
백파이프 연주자의 분수. 자세히 보면 구멍 난 신발을 신고 있다.

베른 시청 뒤에 있는 아담한 정원. 우리처럼 앉아서 간단한 점심을 먹거나,
누워서 쉬는 사람들이 많았고, 심지어는 가부좌를 틀고 앉아 명상을 하는 사람도 있었다.

먼 길을 달려왔는데, 이렇게 허탈할 데가……. 아이에게 주려고 정성스레 준비한 선물을 엉뚱한 사람에게 홀라당 뺏겨 버린 것 같은 마음이었다.

겸이는 분수라면 무조건 좋아했지만, 그중에서도 음악이 나오는 음악 분수를 가장 사랑했다. 한편, 보통 아이들이 들어가서 뛰어놀며 시원함을 즐기는 바닥 분수는 애증(?)의 대상이었다. 보는 건 좋아하지만, 직접 들어가거나 만지는 건 극도로 경계했다. 자기뿐만 아니었다. 다른 아이들이 들어가 노는 것만 봐도 어떤 땐 소리를 지르며 발을 동동 굴렀다. 자기가 사랑하는 예술 작품을 다른 아이들이 함부로 망가뜨리고 있다고 생각하기 때문이었다.

다른 아이들처럼 바닥 분수에 뛰어 들어가 물도 맞아 보고, 같이 놀았으면 좋겠다는 내 바람은 겸이가 여덟 살이 되어서야 이루어졌다. 얼마 전, 아파트 광장에서 바닥 분수가 솟아올랐다. 동네 꼬마들 이십여 명이 달려들어 와자지껄 시원한 물놀이를 시작했다. 혹시나 하는 마음에 겸이와 민이를 데리고 그곳을 찾았다. 한번 들어가 보라고 두 아이의 등을 살짝 밀었다. 처음엔 쭈뼛쭈뼛 가장자리에 서서 손만 살짝 내밀었다. 그러다가 점점 다른 아이들에게 밀리는 바람에, 조금씩 분수 안쪽으로 들어가게 되었다. 얼굴에 묻는 물을 연신 손으로 닦아 내면서도 예

경사 높은 길을 유모차 힘겹게 밀며 올라간 베른 장미공원.
그런데 웬걸, 장미가 한 송이도 안 보였다. 아직 장미 필 때가 아니었던 것.
장미를 못 본 것은 아쉬웠지만, 멋진 놀이터와 놀잇감이 많아서 아이들은 즐거웠다.

↓

전처럼 밖으로 뛰쳐나오지 않고 그대로 서 있는 아이들. 오! 장족의 발전이었다. 민이는 큰 형들 사이에 서 있는 게 싫은지 금방 밖으로 나와 혼자 노는 모습을 보였지만, 오히려 겸이는 혼자서도 꿋꿋하게 아이들 틈새에 섞여 물을 맞고 서 있었다. 3년 전만 해도 옷에 묻은 물 한 방울 때문에 헐크처럼 날뛰던 아이였는데……. 참 많이 변했구나! 참 많이 자랐구나! 또 이렇게 산 하나를 넘어가는구나! 뿌듯하고 감격스러운 날이었다.

오늘이 끝이 아니라 내일이 있다는 것, 오늘의 씨앗이 언젠가는 열매를 맺을 거라는 것, 끝까지 희망을 놓지 말라는 것을 아이는 이렇게 또 가르쳐 주었다.

내 주는
강한 성이요

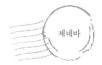

종교개혁박물관

제네바는 스위스의 교통, 금융, 상업의 중심지다. 인구의
40퍼센트가 외국인일 정도로 국제화된 이 도시는 한눈에
봐도 화려하고 활력이 넘쳤다. 거리마다 번화한 상점들과
많은 사람들, 트램이 뒤엉키고 있었다. 이 복잡한 도시를
달랑 지도 한 장에 의지해 이곳저곳 탐험하는 기분으로
걸었다.

맨 처음 향한 곳은 종교개혁박물관이었다. 제네바에
서 남편이 꼭 들르고 싶어 했던 곳이다. 칼뱅의 종교개혁
으로 유명한 제네바에 온 이상, 그곳을 그냥 지나칠 순 없
다. 언덕 오르막을 한참 올라간 후 도착한 종교개혁박물
관은 예상보다 규모가 작았다.

유서 깊은 박물관답게, 16세기부터 현재까지 종교개

혁의 역사를 시대별, 주제별로 잘 전시해 놓고 있었다. 게다가 어린이들을 위한 전시물들도 간간히 있어서 아이들이 지루함 없이 시간을 보낼 수 있었다. 이를테면 유리 상자 안에 존 칼뱅이나 마르틴 루터, 위클리프, 얀 후스, 츠빙글리 등 유명한 종교개혁가들의 종이 인형이 세워져 있는데, 상자 밖에서 그 인형과 연결된 손잡이를 돌리면 인형들이 움직이면서 자기소개를 하는 전시물 등이 있었다.

전시실 중 한 곳은 음악실이었는데, 그 안에서는 소음을 내면 안 될 것 같아 나와 민이는 들어가지 않고, 남편과 겸이만 들어갔다. 어두운 실내 안에 은은한 조명등 하나만 켜져 있었다. 벽에 전시되어 있는 찬송가 악보 원본 아래에 있는 버튼을 누르면 그 연주 음악이 흘러나오게 돼 있었다.

신기했던 것은 아이가 여러 노래 중에서도 〈내 주는 강한 성이요〉라는 마르틴 루터의 찬송가를 가장 좋아했다는 사실이다. 겸이와 함께 음악 감상을 했던 남편이 말하길, 자신이 가장 좋아하는 곡을 아이도 좋아해서 좀 놀랐다고 했다. 평소에 이 곡을 불러준 적은 없었는데, 아빠와 아들의 마음이 자연스럽게 통했나 보다. 골방처럼 작고 어두운 방 안에서, 겸이와 함께 단둘이 앉아 찬송가를 부르는 고요한 시간은 남편에게 무척 특별하고도 소중했다.

한국 남자로서 쉽지 않은 육아휴직을 결심하고, 무모하기까지 한 여행 계획을 세워 밀고 온 남편의 마음이 왜 항상 룰루랄라 좋기만 했을까. 어깨를 누르는 무거운 책임감과 긴장 탓에 여행 내내 한 번도 아프지 않았던 남편은 귀국 후 일주일 정도 심한 몸살감기로 앓아누웠다. 한국에 오자마자 시차 적응할 필요도 없이 팔팔 살아났던 나와는 완전 딴판이었다. 여행 내내 남편이 느꼈을 부담의 무게를 생각하면, 조금 더 그 짐을 나눠 지지 못했던 것이 미안함으로 남는다.

시시때때로 힘들다는 내색을 거리낌 없이 표현했던 내 표정을 읽으면서도 한 번도 나에게 불평을 하지 않았던 남편. 아마 남편은 이날 이 방 안에서 긴 여행을 버텨낼 힘을 얻었나 보다.

내 주는 강한 성이요, 방패와 병기 되시니
큰 환란에서 우리를 구하여 내시리로다

이 같은 루터의 고백을 곡조에 담아 부르며, 이 먼 곳까지 두 아이들을, 그리고 우리 부부를 오게 하신 하나님의 뜻이 무엇인지 잘 깨닫게 되기를, 그리고 아이들을 바르게 양육할 수 있는 힘을 주시기를 남편은 기도했을 것

119

← 종교개혁박물관 안에
있던 십계명.

← 남편은 더 꼼꼼히 박물관을 둘러보라
하고, 아이들과 나는 박물관 작은
정원으로 나왔다. 성령의 임재를
상징하는 듯한 금빛 조형물이
인상 깊었다.

→ 이 건물은 칼뱅이 강연을 했던
'칼뱅의 강당'이다.
16세기 중엽에 칼뱅을 비롯해
존 녹스, 테오도르 베즈 등이
이곳에서 자국어로 예배하며
설교하던 곳이라고 한다.

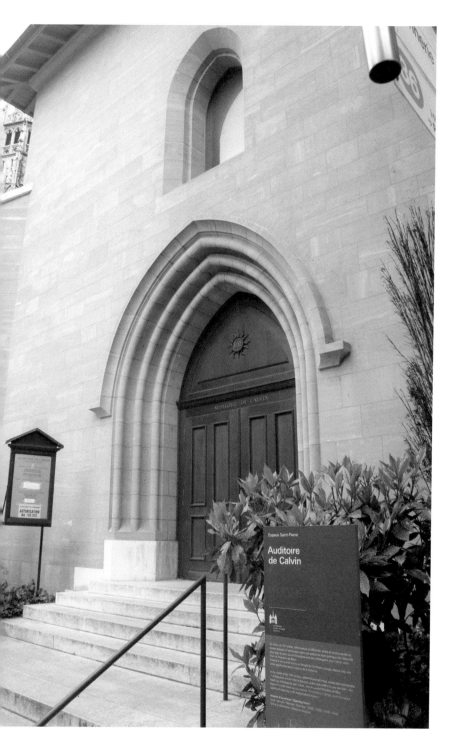

이다. 그리고 그 기도는 그때뿐 아니라, 그 후로도 매일 계속되고 있다. 우리 능력과 지혜로 할 수 없음을 늘 고백하며 산다. 우리 손에 잠시 맡겨 주신 이 두 생명을 어떻게 그분의 뜻대로 돌보며 섬길 수 있을지 우린 매일 기도할 수밖에 없다.

아이의 첫
역할놀이

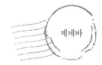

장난감 가게

종교개혁박물관에서 나와 주차장으로 내려오는 길에 우연히 들어간 장난감 가게. 어마어마하게 큰 3층짜리 건물이었다. 어디에 둬야 할지 모를 정도로 휘둥그레진 아이들의 두 눈을 보니, 뭐라도 사서 손에 들려 줘야지만 문밖을 나올 수 있을 것 같은 불안감이 스멀스멀 피어올랐다. 그리고 그런 슬픈 예감은 절대 틀린 적이 없다! 하지만 여기가 어딘가? 세계에서 물가가 제일 비싸다는 바로 그 나라! 왜 하필이면 여기인 것이냐!

그나마 나중에 제일 후회가 적을 만한 물건으로 고르기로 했다. 고심 끝에 고른 것이 한 사십 조각쯤 되는 레고 블록이었다. 주유소 놀이를 할 수 있도록 자동차 세 대와 주유소 간판, 주유기 모양 호스 등이 포함돼 있었다.

이후 한국에까지 함께 오게 된 그 주유소 블록 놀이 장난감은 두 아이들이 여행 내내 잘 가지고 놀았다. 민이는 여행 도중에도 나와 함께 주유소 주인과 손님 흉내를 내며 역할놀이(가장놀이)를 자주 했다. 하지만 겸이는 그렇게 놀지 않았다. 겸이도 레고를 가지고 놀긴 했지만, 그만의 놀이 방식은 따로 있었다.

아이들에게 있어 '역할놀이'를 한다는 것은 매우 중요한 일이다. 정상적인 발달을 하는 아이라면 18개월쯤만 되어도 네모난 물건을 들고 전화 받는 흉내를 낸다거나, 엄마가 아이를 돌보듯 인형을 끌어안고 노는 등 가상의 상황을 만들어 내며 놀게 된다. 어른의 말투와 행동을 흉내 내면서, 혹은 자기가 동경하는 영웅이나 공주가 된 것처럼 몸짓을 해가면서 아이들은 상상력을 키우고, 또 타인을 이해하는 공감 능력을 자연스럽게 터득하게 된다. 둘째 민이도 여행 막바지, 우리가 영국 라브리 공동체에 머물고 있을 때, 나에게 곰 인형을 들고 와서는 자꾸만 등에 묶어 달라고 졸랐다. 수건으로 아이 등에 곰 인형을 묶어 주고 "애기 엄마~ 아이는 잘 자고 있나요?"라고 질문해 주면, 배시시 웃으며 흐뭇해하곤 했다.

124

그런데 겸이는 이런 역할놀이를 하지 않았다. 자폐스펙트럼장애를 가진 아이들은 또래 아이들이 하는 역할놀이를 하기보다는 특정한 방법으로 장난감 등을 줄 세우며 시간을 보낸다. 겸이도 그랬다. 블록이건, 책이건, 기차이건, 자동차이건, 쭉 직선으로 줄을 세우며 놀 때가 많았다. 다른 모양이나 방식으로 놀려고 하지 않았다. 새로운 변화에 대한 거부감이 컸다. 누가 우연히 자기가 줄 세워 놓은 것을 흐트러뜨리거나 건드리면 "안 돼! 안 돼!"라고 큰 소리를 지르며 무척이나 싫어했다. 자기만의 정연한 질서 속에서 안정감을 느끼는 아이였다.

그랬던 아이의 놀이 방식에 드디어 변화가 오기 시작했다. 여행 과정 가운데 있었던 일은 아니지만, 여행 직후 겸이에게 일어났던 또 하나의 변화다. 여행을 마치고 돌아온 그해 늦여름쯤이었을 것이다.

"어서 오세요, 손님. 차에 기름을 넣으러 오셨나요?"

"네."

"기름을 얼마나 넣어 드릴까요?"

"……."

←
영국 라브리에 머물 때, 누군가 놓고 간 곰돌이 푸우 인형을 아기 삼아 엄마 놀이를 하던 둘째.
민아! 너에게도 이런 시절이 있었단다.

"가득 넣어 드릴까요?"

"네."

"다 넣었습니다. 기름 값은 뽀뽀 두 번입니다."

엄마 볼에 뽀뽀 두 번.

"감사합니다. 안녕히 가시고 다음에 또 오세요."

"네."

"너도 인사해야지. 안녕히 계세요."

"안녕히 계세요."

비록 자기가 적극적으로 다양한 말을 하진 않았지만, 상황 속에 들어가서 내 말에 대답하고, 기름 값으로 뽀뽀를 두 번 하고, 인사를 하고 나오는 '역할놀이'가 시작된 것이었다. 아이의 인지, 언어, 사회성이 조금씩 자라고 있다는 것을 보여 주는 한 사건이었다.

이후로 다양한 역할놀이가 가능해졌다. 미용실 놀이, 병원 놀이, 시장 놀이 등등. 대화를 주고받는 시간이 길진 못하고, 쓰이는 언어가 다양하진 않아도, 아이가 상상하는 능력을 조금씩이라도 갖춰 간다는 사실이 그저 고맙고 감사하다. 다양한 놀이를 통해 적절한 상호작용과 정서적 교감이 가능해질수록, 아이의 일방적인 자기자극행동, 상동행동들도 자연스럽게 줄어들게 될 것이라 생각한다.

겸이를 키우며 나는 아이가 보여 주는 작은 발달과

진보에도 감탄하고 감사하게 되었다. 보통 아이들은 때가 되면 누구나 하는 일을 아이는 때맞춰 하지 않는다. 누군가는 하루면 해낼 일을 우리 아이는 한 달 만에야 이룬다. 느릿느릿 거북, 꼬물꼬물 달팽이 같다. 그러다 보니 그 과정 하나하나가 자세히 들여다보인다. 어렵게 첫 발걸음을 떼고, 때로는 고비를 넘고 그러다가 마침내 정상에 오르는 과정들. 그 어느 것 하나 저절로 이루어지지 않는다는 걸 알게 된다.

생각해 보면, 어떤 일이든 저절로 되는 게 있을까 싶긴 하다. 그저 휙 지나쳐 버리기에 우리가 못 볼 뿐이지, 아이들이 한 발 뛰기를 하기 전엔 분명 두 발 뛰기의 과정을 거쳤을 것이고, 제 이름 석 자를 쓰기까지 수백 수천

127

번 낙서라는 이름의 선 긋기를 해왔던 것인데……. 보통 의 아이들도 그렇고, 우리 겸이도 마찬가지다. 다만 그 속 도가 워낙 슬로모드이다 보니, 조금 더 잘 보인다는 것이 다를 뿐.

애쓰고 노력한 만큼 애정이 가고, 성공의 열매도 더 달콤하게 느껴지는 법이다. 아이를 키우는 데 남들보다 좀 더 많은 시간과 노력을 들이고 있다면, 그만큼 아이를 키우며 얻는 기쁨과 행복도 더 크게 느낄 수 있을 것이다.

알프스 폭포
아래에서

슈타우프바흐 폭포

스위스에서 스물네 시간을 보낼 수 있는 마지막 날이 다가왔다. 그날은 마침 주일인 데다 '부활절'이기도 했다. 우리가 유럽에서 이날을 손꼽아 기다린 이유는 물론 우리가 그리스도인이기 때문이기도 했지만, 온 유럽인들이 축제처럼 이날을 맞이하는 분위기도 한몫했을 것이다.

바바라 가족들은 친정집이 있는 인터라켄으로 어젯밤 떠난 터였다. 이들에게 부활절은 흩어졌던 가족들이 만나 선물을 나누고 따뜻한 식사를 함께하는 우리의 명절과 같은 개념인 듯했다. 그런데 아침이 되어, 현관문을 열어 보고는 깜짝 놀랐다. 바바라 가족이 어젯밤 떠나기 전, 손수 쓴 카드와 함께 초콜릿이 가득 든 커다란 바구니를 우리 문 앞에 놓아두고 갔기 때문이다. 그런 풍습을 알 리

129

→

바바라 가족들이 놓아두고 간 부활절
선물들. 멋스런 무늬를 내어 염색한
달걀과 바구니 가득 담긴 초콜릿,
그리고 가족들의 서명이 담긴 카드까지.

↓

↑

부활절 예배를 함께 드렸던 울센바흐의 작은 교회.
각이 딱 떨어지는 단정하고 깔끔한 교회 건물이
그 교회의 분위기를 말해 주는 듯하다.

없는, 며칠 머물다가 떠나 버리면 그만인 숙박객들에게 이렇게 신경 써서 친절을 베푸는 도타운 마음이 어찌나 고맙던지…….

이 마을 울센바흐에도 교회가 있다는 사실을 미리 확인해 둔 터라, 9시 30분 예배시간에 맞춰 출발했다. 마침 유아세례식이 있어서, 세례를 받는 갓난아이와 그 가족들이 격식 있는 옷을 차려 입고 앞줄에 앉아 있었다. 그 가족들을 제외한다면, 성도 수가 채 서른 명도 되지 않는 아담한 교회였다.

독일어로 된 설교 내용은 한마디도 알아들을 수 없었지만, 예수님의 부활을 기뻐하는 찬양을 함께 드리고, 그 감격과 감사를 눈빛과 마음으로 나눌 수 있다는 사실만으로도 우리에겐 아주 감동적인 시간이었다. 또 특별히 파이프오르간과 하프 연주자의 초청 연주가 예배 중간마다 있었는데, 그 두 악기의 하모니도 무척 매력적이었다. 예배 끝엔 성찬식도 있었다. 모든 사람이 강대상이 있는 앞쪽으로 나가서 빙 둘러섰다. 그다음 빵과 포도주를 나눠 먹었는데, 포도주 잔을 세 번 기울여 마시는 것은 처음 보는 특별한 방식이었다. 포도주에서는 의외로 아주 달콤한 사과주스 맛이 났다.

물론 이곳에서 우리 아이들의 활약(?)도 빼놓을 순 없

131

겠다. 조용해야 할 예배시간에 어찌나 산만하게 움직이며 부산스런 소리를 만들어 내던지, 중간에 아이들을 데리고 나와 혼을 냈다. 다시 들어갈까 말까 망설여지기도 했지만, 아이들뿐 아니라 부모인 우리에게도 이런 훈련이 필요할 듯하여 조심스럽게 다시 들어가 맨 뒷줄에 앉았다.

사실, 아직은 어린아이들이기에, 오랜 시간 동안 꼼짝하지 않고 가만히 앉아만 있어야 하는 것이 절대로 쉬운 일은 아니다. 그렇지만 비록 어리다고 하여도 장소와 분위기에 따라, 어느 정도는 자신을 절제하고, 다른 사람들을 배려할 줄 아는 아이들로 자랐으면 하는 것이 우리의 바람이었다. 그리고 그것은 아이가 크면 당연히 이루어지는 것이 아니라, 어릴 때부터 조금씩 훈련하고 습관을 형성해 가는 과정을 통해 이루어지는 것이라고 생각했다. 그래서 지금 당장은 그곳을 빠져나와 있는 것이 모두에게 편할지언정, 마음을 가다듬고 다시 노력하고 시도했던 것이다.

세게 혼이 난 탓인지, 아이들이 전보다 좀 더 잘 앉아 있어 주어 무사히 예배를 마치고 나왔다. "정말 잘했다!"고 아이들에게 칭찬을 듬뿍 해주었다. 덕분에 스위스 현지 교회 성도들과 부활절 예배를 함께 드리는 그 특별한 순간을 아이들의 영혼 깊은 곳에 흔적으로나마 남기고 싶은 우리의 소망도 이룰 수 있었다.

오후엔 인터라켄에서 차로 약 10킬로미터 떨어진 곳에 있는 소도시 라우터브룬넨(Lauterbrunnen)에 가보기로 했다. 이곳은 빙하에 의해 형성된 U자형 계곡 아래 마을이어서 마을 전체가 거대한 절벽들 사이에 둘러싸여 있는 곳이다.

이곳에서 제일 유명한 슈타우프바흐 폭포는 높이가 무려 305미터나 되었다. 사방을 둘러싼 절벽들 사이로 멀리 바라다 보이는 만년설. 솜털 같은 물방울들을 날리며 곧게 일직선으로 낙하하는 폭포수의 위용. 바로 그 아래 펼쳐진 연초록의 언덕들과 그 위를 느릿느릿 거니는 귀여운 양들. '이게 바로 스위스구나!' 싶은 풍경이었다. 쌀쌀한 날씨 덕에 겹겹이 옷을 겹쳐 입은 두 아이는 폭포 근처 작은 웅덩이에 돌멩이를 던지며 놀았다. 폭포가 떨어지거나 말거나, 산은 산이고 물은 물이구먼 뭐, 이런 분위기로……

또 하나 신기했던 한 가지는 마을 한복판에 있는 묘지였다. 사람들이 많이 지나다니는 마을 길 한쪽에 위치한 공동묘지였는데, 깔끔하게 잘 정돈된 모습뿐 아니라, 각 자리마다 수북하게 놓인 꽃다발과 화분들이 어찌나 곱고 예쁘던지. 묘지가 아니라, 정원이라고 불러도 될 것 같

→
'라우터브룬넨'이라는 뜻이 '울려
퍼지는 샘'이라고 한다. 그래서 폭포의
마을이라고도 불린다. 이 마을에는
세상 부러울 것 없는 경치의 캠핑장도
있다(융프라우 캠핑장). 다음엔 꼭
이 거대 절벽들에 둘러싸여
폭포수 소리를 들으며 하룻밤을
보내 보기로…….

았다. 참 행복해 보였다. 떠나간 이와의 즐거웠던 추억을 밝은 얼굴로 되새기고, 아름다운 꽃향기로 이별의 아쉬움을 다독여 가는 이들의 문화가 부러웠다. 이런 곳에서는 소름 돋는 비주얼로 날아다니는 처녀귀신이나 이빨 드러낸 드라큘라 따위는 얼씬도 못 할 것 같아서 오히려 미소가 지어졌다.

'죽음'을 무엇이라고 생각하고 어떻게 받아들이느냐 하는 것이 쉽고 간단한 질문은 아니다. 하지만 이 질문에 대한 대답이, 얼마나 판이하게 다른 오늘의 삶을 만들어 내는가, 그 단면을 엿볼 수 있는 장소가 아니었나 싶다. 예수님께서 죽음의 권세를 이기고 다시 살아나신 영광과 기쁨의 부활절. 스위스의 작은 마을, 한 공동묘지 앞에서 우리는 이 세상에서의 죽음이 끝이 아님을, 우리에게 있을 새롭고 영원한 삶을 다시금 생각했다. 마지막이 아니기에 자유로울 수 있고, 부활을 믿기에 죽음이 두렵지 않은, 그런 가벼운 나그네의 삶을 우린 여행을 통해 연습하고 있었다.

부활절에 즈음하여 유럽을 다니니, 곳곳에서
부활절을 상징하는 달걀과 토끼 조형물을 볼 수 있었다
(토끼는 왜인지 모르겠다. 우리나라 기독교 문화와는 차이가 있다).
마을에 세워진 십자가상도 낯설지 않았다.
기독교는 이들에게 자연스런 문화이고 배경인 듯했다.

세 번째 소풍

독일

백조의 성에선
마차를 타세요

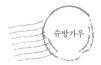

노이슈반슈타인 성

스위스에서 보내는 마지막 저녁. 바바라 가족들을 초대해 티타임을 가졌다. 김치전과 둥굴레차, 과일. 차림은 소박 했지만, 우리 입장에선 얼마 남지 않은 김치를 탈탈 털어 넣은 귀한 음식이었다. 처음 접하는 김치의 매운 맛과 냄 새에 어떻게 반응할지 궁금했는데, 결과는 인기 만점. 바 바라 가족들은 김치와 옥수수, 베이컨, 양파 등을 넣어 만 든 퓨전식 김치전을 거부감 없이 즐겁게 먹어 주었다. 큰 딸 나탈리가 하도 맛있게 먹자, 바바라는 "우리 딸이 정 말 잘 먹네요. 어떻게 만드는 건지 알려 주고 가요"라며 조리법을 묻기도 했다.

바바라의 세 딸, 나탈리, 스테파니, 멜라니는 가끔 마 주칠 때마다 수줍게 인사를 나누는 얌전한 소녀들이었다.

우리 아이들에게도 참 친절히 대해 주었는데, 작은 장난 감을 건네주기도 하고, 집에서 갓 태어난 아기 토끼도 보여 주며 종종 함께 시간을 보냈다. 마침 열네 살 큰딸인 나탈리는 케이팝에도 관심을 보이고 있어서, 우리가 스마트폰에 담아 간 한국음악을 함께 들으며 이야기를 나누기도 했다.

지금 생각하면 더 맘껏 누리지 못해 아쉬운 시간들이다. 소들이 한가로이 풀을 뜯으며 거닐고, 새벽녘이면 새하얀 안개가 아스라이 퍼져 가던 그 푸른 언덕 위의 나무집. 우리가 떠나던 날 아침, 스위스 풍경이 담긴 엽서와 손으로 깎은 젖소 모양의 나무 장난감을 선물해 주고, 우리 차가 보이지 않을 때까지 그 자리에 그대로 서서 손을 흔들어 주던 다섯 식구들의 정겨움이 아직도 잊히지 않는다.

스위스에서 독일 숙소 인젤까지 한 번에 가기엔 너무 멀어서 중간 경유지로 정한 곳이 퓌센이었다. 오전 11시쯤 출발해서 가는 도중 두 번 휴게소에서 쉬었는데, 오후 5시가 돼서야 퓌센에 도착했다. 웬만해서는 긴 장거리 운전을 피하기로 했지만, 오늘 같은 날도 아주 없을 순 없는 것이 유럽 여행.

다음 날 아침, 퓌센에서 인젤로 바로 가지 않고, 차로

바바라네 집 뒤 창고에는 그 용도를
다 알 수 없는 온갖 물건들이 가득했다.
우리 아이들에겐 놀랍고도 신기한
보물창고였다.

둘째 스테파니와 막내 멜라니.
사진 찍는 걸 많이 쑥스러워했다.

떠나기 전날 밤, 숙소에서 가진
저녁 티타임. 어여쁜 세 누나들에게
둘러싸여 귀염 받았던 두 아들.

태어난 지 얼마 안 된 아기 토끼를
보여 주겠다며 안고 온 큰딸 나탈리.
손바닥보다도 작고 까만 아기 토끼였다.

↑
독일로 가는 길에 만난 고속도로 휴게소 놀이터.
유럽 곳곳에서 만난 놀이터들은 저마다 다채롭고
개성이 있어 늘 새 친구를 사귀는 기분이었다.

20분 거리에 있는 '슈방가우'에 들르기로 했다. 독일에는 '동화가도', '고성가도', '로만틱가도'라는 테마가도가 있는데, 그중 하나인 '로만틱가도'는 뷔르츠부르크에서 퓌센까지 이어지는 약 350킬로미터 길이의 테마가도이다. 중세 시대에 독일과 이탈리아를 잇는 교역로로 사용되었기에 '로마로 가는 길'이라는 이름이 붙여졌다고 한다. 그런데 이 로만틱가도의 하이라이트가 바로 이 '슈방가우'이고, 이곳에서 제일 유명한 곳이 바로 '백조의 성'이라 불리는 '노이슈반슈타인 성'이다. 우리의 목적지가 바로 이 성이었다.

매표소에 도착했는데, 어마어마한 사람들이 줄을 서 있었다. 시간을 절약하기 위해 나와 겸이는 먼저 걸어 올라가고, 남편은 표를 끊은 후에 민이를 태운 유모차를 밀고 올라오기로 했다. 성이 있는 절벽까지 올라가는 숲길은 완만하고 걸어갈 만했다. 겸이도 힘들다는 불평 없이 씩씩하게 걸어가 주었다. 도중에 보니, 마차나 버스를 타고 가는 사람들도 있었다. 처음엔 '경치도 좋은데, 얼마나 멀다고 버스를 타고 가실까들'이라고 생각했는데, 이런! 올라갈수록 점점 그 사람들이 부러워지기 시작했다. 생각지도 못했던 복병이 곳곳에 도사리고 있었기 때문이다. 그 복병은 다름 아닌 '똥'이었다. 마차를 끄는 말들이 걸

어가면서 실시간으로 떨구고 가는 거대한 응가 덩어리들
이 투두둑 투두둑 떨어져 있는 길. 자칫 방심했다가는 신
발과 발이 말똥 속에 파묻히는 난감한 상황에 처할 수 있
었다.

'똥'이라면 그것이 사람의 것이든, 동물의 것이든 얼
굴을 찌푸리며 코부터 쥐게 되는 법이다. 나도 그랬다. 그
런데 아이는? 아이는 달랐다. 겸이는 난생 처음 보는 '말
똥 배설의 현장'을 목격하며 기분 좋은 흥분 상태에 돌입
했다. 언덕길 곳곳에 투척된 말똥을 이리 피하고 저리 피
하며 걷는 게 마치 흥미로운 놀이 같았나 보다. 말똥 덩어
리들을 볼 때마다 아이는 깔깔대며 웃었다. 내가 미처 못
보고 지나치는 것은 "엄마! 말이 똥 쌌어요. 여기도 있어
요. 말이 또 똥 쌌어요. 저기도 있어요!"라며 굳이 알려
주는 적극성까지 보여 주었다.

처음엔 '세상에! 이게 뭐야? 말들한테 기저귀라도 채
워야 되는 거 아니야?' 싶었다. 그런데 그때 반짝, 내 머
릿속을 스치는 생각! '오! 이거 봐라? 겸이가 말똥을 안
더러워하고 좋아하네! 웬일이야?'

이 당시 겸이는 화장실 변기에 앉는 것을 한사코 거
부하던 때였고, 그 기간이 다른 아이들에 비해 무척 길어
지고 있었다. 채소나 과일을 잘 먹지 않으니 당연히 변비

↑
꼭 어디선가 봤던 모습이었다. 동화책 속에 그려진 멋진 성의 원조가 바로 이곳이었구나.
'백조가 앉은 바위'라는 뜻의 이름이 붙여질 만하다.

가 있었고, 그러다 보니 응가 하는 것을 힘들어했다. 이 문제는 우리 부부가 어떻게든 풀어야 할 숙제와도 같았다. 그런 겸이에게 똥에 대해 즐겁고 좋은 이미지를 심어주는 건 무척 중요한 일이었다. 그러니 이날, 슈방가우의 말들은 우리 겸이에게는 생생하게 살아 움직이는 아주 좋은 학습 자료였던 셈이다.

"겸아, 말이 똥 싼다. 엄청 크고 동그랗다. 그치?"

"응. 응."

"엉덩이에서 퐁퐁 똥이 나온다. 너무 재밌지?"

"응. 엄마, 저 말 또 싸요. 크크크."

그렇게 말똥 얘기를 주고받으며, 말 뒤꽁무니를 쫓아 쉬엄쉬엄 올라가다 보니 드디어 성이 그 모습을 드러냈다. 우아한 백조들이 날아다니고 아름다운 공주와 왕자가 4분의 3박자 왈츠를 추고 있을 것만 같은 건물이 절벽 위에 우뚝 서 있었다.

좋았던 건 성 안을 구경하는 내내 민이가 계속 단잠을 잤던 일이고, 안 좋았던 건 겸이가 계속 백조랑 분수 타령을 했다는 거다. 좀 이상하긴 했다. 이 정도 규모의 성이라면, 백조 몇 마리나, 작은 분수 한두 개라도 있을 거라 생각하고, 겸이에게 "분수 보러 가자"고 실컷 이야기했는데, 노이슈반슈타인 성에서는 백조랑 분수의 코빼기도 볼 수 없었다. 당시엔 "이건 배신이야, 배신!"이라며 알 수 없는 대상을 향해 씩씩거렸는데, 나중에 생각해 보니 그처럼 높은 곳에 분수를 만들기가 어려웠을 법도 하다.

어쨌든 하루라도 안 보면 입안에 가시가 돋는 그 '분수'가 없어서 실망에 빠진 아이를 달래기 위해, 또 계속 구경만 했던 마차를 직접 타보고 싶은 마음에, 산을 내려올 땐 마차를 타기로 했다. 걸어 올라갈 땐 40분 이상 걸렸던 거리였는데, 따그닥 따그닥 경쾌한 말발굽 소리를 들으며 편안히 앉아 내려오니 5분도 안 걸려 순식간이었다. 아! 이럴 줄 알았으면, 올라갈 때 마차를 타고, 내려올 때 걸어 내려올 것을……. 옛말에 그랬지. 머리가 나쁘면 몸이 고생이라고. 얘들아, 미안했다!

작은 마을에서
보낸 하루

케이블카와 나무꾼박물관

독일 민박집은 '인젤(Inzell)'이라는 동네에 있었다. 풍경이 며 집들이 깔끔하고 멋스러웠다. 시끌벅적한 관광지와는 거리가 멀었고, 조용하고 아담한 시골 동네였다.

우리는 '인젤'에서 뜻밖의 혜택을 많이 누렸다. 속는 셈 치고 한번 가보시라 권하고 싶다. 이 마을에서는 민박 을 하는 사람들에게 '인젤 카드(Inzell Card)'라는 것을 준다. 한마디로 '마을과 주변 관광지 소개 및 이용 쿠폰'이었는 데, 그 내용과 혜택이 꽤 괜찮았다. 덕분에 외국인들에게 는 거의 알려지지 않았지만, 그 지역 사람들은 알고 있는 좋은 곳들을 가볼 수 있었고, 밤에는 동네 수영장을 무료 로 이용하는 기쁨도 누렸다(이 마을은 독일에서 유명한 홈브로 이히 미술관이 있는 그 인젤(Insel)과는 다른 곳(Inzell)이다).

인젤 민박집에서 맞이한 상쾌한 첫 아침! 민박집 2층 베란다에 서서 멀리 바라다보이는 기암절벽을 보고 있으니 가슴이 탁 트이는 기분이었다. 오전에는 아이들과 마을 산책을 하고, 오후엔 그 전날 눈여겨봐 두었던 케이블카를 타러 갔다. 인젤에서 가까운 루폴딩(Ruhpolding) 마을에 라우슈버그(Rauschberg)라는 산이 있는데, 그 산꼭대기까지 올라가는 케이블카 무료쿠폰을 '인젤 카드'에서 발견했기 때문이다.

예닐곱 명의 사람들을 태우고, 한 평 남짓한 작은 케이블카가 산을 올라갔다. 깎아지른 절벽이 사방 유리창 너머로 보였다. 올라가면 갈수록 옹기종기 모여 있는 주변 마을들이 내려다 보였다. 아이들은 경치도 경치지만, 케이블카를 탔다는 사실만으로도 "와! 우와!" 감탄사를 지르며 흥분을 감추지 못했다. 정상에 도착하니, 눈에 뒤덮인 높은 산들이 우리를 감쌌다. 스위스에만 있는 줄 알았던 만년설을 독일에서도 보다니……. 뜻밖의 횡재를 한 기분이었다.

산을 내려온 후 찾아간 곳은 '나무꾼박물관'이라는 작은 건물이었다. 총 3층으로 이루어진 박물관 내부에는 나무꾼들이 나무를 심고, 베고, 가공하는 일에 대해 그 역사와 내용을 알려 주는 것들이 전시되어 있었다. 산림

→
케이블카를 타고 올라간 산꼭대기에
떡하니 있던 시소. 이 높은 산에
시소까지 놓아두는 '아동 친화적' 문화가
정말 진심 부럽다.

↓
산 정상에 있던 레스토랑에서는
간단한 차와 수제맥주를 팔았다.
이 지역에서 직접 만드는 맥주라고 했다.

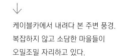

케이블카에서 내려다 본 주변 풍경.
복잡하지 않고 소담한 마을들이
오밀조밀 자리하고 있다.

과 벌목에 관련된 산업이 예부터 이 지역 경제의 중심이었음을 오래된 흑백사진들을 통해 짐작할 수 있었다. 거대한 도끼나 톱 등의 실제 도구들도 전시되어 있어서 아이들이 흥미롭게 관람할 수 있었다.

더 즐거운 것들은 박물관 뒤뜰에 있었다. 나무로 만든 커다란 물레방아, 나무로 만든 창고나 집들, 놀이터 등이 이곳저곳 자리 잡고 있어서, 마치 하나의 나무 세상 같았다. 아이들은 널따란 잔디밭을 자기들 세상인 듯 뛰어다니며 놀았고, 또 작은 나무집에 들어가 나무 블록을 맞춰 보기도 했다. 어떤 나무 창고에는 실제로 나무를 재단하고 가공하는 기계들이 보관되어 있어서, 이 박물관의 포인트가 '나무' 자체가 아닌, '나무를 베는 사람, 나무꾼'에 있음을 알 수 있게 해주었다.

빽빽하게 서 있는 나무들을 베고 자르며, 가족들의 생계를 책임지고 살았을 나무꾼들의 땀 베인 노동 현장이 머릿속에 그려지는 것 같았다. 현재도 그런 일을 하는 사람들이 이곳에 있는지는 잘 모르겠지만, 흑백사진 속에 등장하는 선조들의 그런 노력들이 지금의 이 마을을 일궜겠구나, 그리고 그 후손들은 그것을 잊지 않기 위해 박물관을 만들어 교육하는구나, 이런 생각이 들었다.

늦은 오후가 되었다. 숙소로 그냥 돌아갈까 하다가

시간도 있고 해서 근처를 드라이브했다. 인적 뜸한 도로를 달리다 보니, 오른쪽으로 크고 작은 호수들이 보였다. 마침 저녁 먹을 때도 되었기에, 잠깐 호수 주변을 구경하기로 했다. 작은 돗자리와 저녁 도시락을 챙겨 들고 가보니, 그 넓은 호숫가에 사람이라곤 달랑 우리 가족뿐이었다. 좌우로는 회색 바위들과 초록 침엽수들이 어우러진 높은 산들이 있고, 그 한가운데엔 얕고 잔잔한 호수가 판판한 유리처럼 누워 있었다. 세상에! 그곳을 가득 채우고 있는 적막함이라니! 그처럼 넓은 공간에 오로지 우리 네 사람. 아무 소리도 들리지 않고, 움직이는 생명체라고는 오로지 우리뿐인 것 같은 느낌이었다. 무인도나 우주의 한 행성에 우리 가족만 뚝 떨어진 느낌이랄까!

아이들은 곧 돌멩이를 주워 들고 퐁당퐁당 놀이를 시작했다. 아빠까지 합세해 누가 더 멀리 던지나 겨루기도 하고, 물수제비도 띄우고, 적당한 크기의 돌멩이를 찾아이쪽저쪽으로 뛰어다니며 달리기 시합도 했다.

벌써 몇 년의 시간이 지났지만, 가끔 이 장소가 그립다. 방해하는 이 없이 혼자 있고 싶을 때 타임머신을 타고 그날의 그 호수로 컹 날아가고 싶다. 아이들은 기억할까? 그때의 고요하고도 충만했던 시간, 그 낯설고도 평화로웠던 분위기, 조금은 질퍽거렸던 그 땅의 감촉, 얼음처럼 투명했던 호수의 빛깔을······.

진짜 숲,
진짜 놀이터

숲속놀이동산

대안교육기관의 일종으로 '숲 유치원'이 유행처럼 생겨났던 때가 있다. 나도 TV를 통해 소개되는 숲 유치원을 보고 아이들에게 참 좋겠다 싶어 선망을 품어 보기도 했다. 하지만 실제로 알아보면, 안전하고 청정한 '숲'을 환경으로 갖추고, 그에 맞는 건실한 교육철학으로 운영되는 '숲 유치원'을 찾기란 하늘의 별따기처럼 어렵다.

내가 살고 있는 지역에도 숲 유치원을 표방하는 곳이 있다고 해서 차로 40분 거리에 있는 그곳까지 찾아가 본적이 있다. 그런데 잠시 그 주위를 둘러본 나는 씁쓸한 마음을 뒤로 한 채 돌아 나오고 말았다. 유치원 주변에 작은 숲이 있긴 했다. 하지만 그 유치원이 자리 잡고 있는 마을이 온통 크고 작은 공장들로 둘러싸여 있었고, 심지어는 거대한 시멘트 공장까지 있어서 뿌연 흙먼지를 날리고 있기 때문이었다. 제대로 된 '숲'이 없는데, 어떻게 아이들이 자연을 벗 삼아 뛰어놀고, 자연을 사랑하는 아이들로 자라날 수 있을까. 그건 애초에 불가능한 게 아닐까?

여행을 떠나온 후, 아직 이렇다 할 놀이동산엔 가본 적이 없었다. 프랑스 파리에 있을 때, 그 유명한 디즈니랜드도 알아보긴 했지만 너무 비싼 가격 탓에 포기했다. 그런데 어제 탔던 케이블카 직원 아저씨가 근처에 아이들이 좋아할 만한 놀이동산이 있다며 광고지 한 장을 건네주셨다. 가격도 저렴했다. 마침 잘됐다 싶어 오늘은 그곳에 가보기로 했다.

그런데 주차장에서 놀이동산이 있는 입구까지 올라가는 숲길 자체가 그야말로 등산 코스였다. 이렇게 가파른 길을 아이들 스스로 걸어 올라오도록 내버려 두는 것이 좀 의아스러울 정도였다. 가쁜 숨을 몰아쉬며 겨우겨우 올라간 곳에 매표소가 있었다. '도대체 여긴 어디지?' 궁금한 마음을 안고 안으로 들어갔다.

이런, 세상에!!! 온통 나무들로 둘러싸인 '진짜' 숲속에 '진짜' 아이들 세상이 있었다. 이 깊은 산에 이런 곳을 만들 생각을 한 사람이 누구인지 실로 존경스러울 정도였다. 왜냐하면 우리가 생각한 놀이동산과는 완전 딴판이었기 때문이다. 군데군데 아이들이 좋아할 만한 자동차 타는 곳, 기차 타는 곳, 분수, 놀이터, 미끄럼틀 등, 놀이동산이 갖춰야 할 것들을 다 갖췄음에도 불구하고, 크고 작은 나무들, 그 사이를 굽이굽이 흐르는 계곡물, 언덕과 바위 등이 자연 상태 그대로 자리를 지키고 있었다. 숲을 가능한 그대로 보존한 상태에서 놀이터를 만든다는 발상 자체가 우리 부부에게는 신기하기만 했다. 아! 이렇게도 할 수 있는 거구나! 불편해 보이는 미로 같은 언덕길을 아이들은 이렇게도 기분 좋게 달리는구나!

자연 그대로의 나무들이 그늘을 드리워 주니, 일부러 차양막을 칠 필요도 없고, 예전부터 흐르던 계곡물 그대로 졸졸 흘러가게 내버려 두니, 아이들이 그곳에 꽃과 나뭇잎을 던지며 놀 수 있었다. 계곡을 건널 수 있게 만든 다양한 모양의 다리들이 아이들의 호기심을 자극했고, 흐르는 물로 빙글빙글 돌아가는 물레방아 위에서는 귀여운 인형들이 춤을 추었다. 사람의 손길이 닿았지만 도를 넘지 않았다. 이곳에 있는 아이들이 그저 숲에서 뛰어노는 요정들처럼 보였다.

겸이와 민이는 더할 나위 없을 만큼 즐겁게 놀았다. 두 아이가 좋아하는 미니 기차는 아무리 타도 괜찮은 공짜였다. 아찔한 속도감을 자랑하는 썰매 미끄럼틀도 공

물총으로 공을 쏘아 목표 지점으로
옮기는 놀이. 어린아이들도 어렵지 않게
할 수 있는 이런 게임들이 숲속 곳곳에
배치되어 있었다.

작은 호수를 도는 미니 기차.
아이들이 재미있어 해서 두 번이나 탔다.

스머프가 튀어나올 것 같은 버섯 지붕들,
그리고 나무 구멍 속에 살고 있는
작은 인형들. 여기는 말 그대로
'동화 세상'이었다.

숲의 나무들과 계곡의 모양을
바꾸지 않고 그대로 살려 만든
숲속놀이동산.

짜, 시원하게 쏘아서 공을 맞추는 물총 놀이도 공짜, 곳곳에 있는 움직이는 인형의 집들도 몽땅 공짜였다. 딱 하나, 범퍼카처럼 생긴 자동차 타는 것만 한 번에 오십 센트(약 오백 원)였는데, 그 정도면 전혀 비싸다 할 수 없으니 아주 마음에 쏙 들었다. 다시 말해, 아이들의 놀이를 돈벌이의 수단으로 이용하지 않는다는 느낌이 들어서 좋았다. 비싼 입장료를 내고도, 그 안에서 놀이기구 하나를 탈 때마다 또다시 만만치 않은 비용을 치러야 하는 그런 곳들에서 진동하는 돈 냄새가 나지 않았다. 그곳에서 우리는 마음껏 행복할 수 있었다.

또 기억나는 일 하나. 토끼 인형 탈을 쓴 직원이 나와서 그곳에 있는 사람들에게 무언가를 나눠 주었는데, 가까이 가서 보니 진짜 당근이었다. 커다란 바구니에 연초록색 줄기까지 그대로 달려 있는 작은 당근을 잔뜩 담아 와서는 아이들에게 선물로 나눠 주고 있었다. 나도 하나 받아와 먹었는데, 아삭아삭 달큰한 것이 정말 맛있었다. 이제껏 마트에서 줄기가 싹둑 잘린 당근만 사 먹어 보다가, 이렇게 줄기까지 통째로 달린 당근을 본 것은 나도 처음이었다. 당근을 먹으며 뛰어노는 놀이동산이라니! 놀이터만 친환경이 아니라, 간식도 친환경 유기농인 곳이었다.

한 다섯 시간, 지칠 때까지 실컷 놀다가 그곳을 나오

며 생각해 보니, 그곳에 꽤 많은 사람들이 있었는데도 불구하고 유색인종이라고는 오로지 우리 가족뿐이었다는 걸 깨달았다. 뭐, 그렇다고 그곳 사람들이 우리를 이상하게 쳐다보거나 한 건 아니지만, 그만큼 이곳이 외국인들에게는 잘 알려지지 않은 곳이구나 싶었다. 숨겨진 보물찾기를 한 것 같은 기분이랄까? 아이들이 없었다면, 시골 마을에서 민박을 하지 않았다면 절대로 경험하지 못했을 이 한나절의 시간이 우리에겐 선물이고 축복이었다. 초롱초롱 빛나던 아이들의 눈빛이, 시원하게 울려 퍼지던 아이들의 웃음소리가 내 마음에 반짝이는 보석으로 박혔다.

헤렌킴제의
민들레

헤렌킴제 궁전

아침에 남편이 동네 빵집에 가서 사온 따끈따끈한 빵으로 샌드위치를 만들고, 차로 30분 거리에 있는 킴제 호수로 출발했다. 호수에서 배를 타고 들어가면 헤렌인젤(Herreninsel)이라는 섬이 있는데, 그곳에 '헤렌킴제 궁전(Schloss Herrenchiemsee)'이 있다고 했다.

"섬 안에 궁전이 있다고? 엄청 낭만적이네!"

궁전은 그 명성에 걸맞은 자태를 뽐내고 있었다. 하얀 대리석으로 지어진 궁전 건물, 그 주변을 둘러싸고 있는 싱그러운 가로수들, 말끔한 정원 곳곳에서 하얀 물줄기를 뿜고 있는 분수들, 그리고 저 멀리 보이는 좁고 기다란 운하까지. 어디서 많이 봤던 거다 싶었는데, 역시나 이 궁전의 별명이 '바이에른의 베르사유'란다. 루트비히 2세

164

가 자신이 동경했던 베르사유 궁전을 본떠 만들었는데, 짝퉁 베르사유 치고는 그 건축양식이 꽤 훌륭하대나 뭐래 나. '모방은 창조의 어머니'라지만, 사대주의도 이런 사대주의가 없다.

하지만 그 덕분에 겸이가 오랜만에 맘껏 소원을 풀었다. 하염없이 분수 바라보기로 행복한 오후를 보낼 수 있었으니 말이다. 거칠고 투박한 검은 돌들과 매끄러운 청동색 조각들이 어우러진 분수들이 이쪽에서는 세찬 직선의 물줄기를, 저쪽에서는 부드러운 곡선의 물줄기를 뿜어주고 있었다. 둘째 민이는 프랑스에서처럼 이곳에서도 젖가슴을 드러낸 여인들의 조각상 앞에서 "엄마! 엄마!"를 외쳐 대는 바람에 내 얼굴을 빨갛게 만들었다.

그런데 뜻밖의 일이 하나 일어났다. 나중에 겸이에게 보여 줄 요량으로 열심히 분수 동영상을 찍고 있는 나에게 갑자기 겸이가 다가오더니, 노란 민들레꽃 한 송이를 건네주는 것이었다.

"이게 뭐야, 겸아?"

"꽃."

"엄마 주는 거야?"

"네."

"고마워. 정말 예쁜 꽃이네!"

작은 민들레 한 송이를 받아 들고, 아이를 꼭 끌어안아 주었다. 우리가 나눈 대화는 매우 짧고 단순했지만, 좀처럼 자신의 감정을 잘 표현하지 않는 아이가 건네준 이 작은 꽃은 나에게 큰 의미로 다가왔다. "솔로몬의 모든 영광으로도 입은 것이 이 꽃 하나만 같지 못하였느니라"(마태복음 6장 29절)라는 성경 말씀처럼, 지금 내 눈앞에 있는 이 작은 민들레 한 송이는 그 어떤 웅장한 궁전보다도, 그 어떤 왕의 화려한 보석보다도 훨씬 더 고운 빛을 냈다.

겸이의 마음에 갑자기 어떤 생각이 들었을까? 이 분수 저 분수 구경하느라 온통 정신이 들떠 있는 줄 알았는데, 왜 갑자기 엄마에게 꽃을 주고 싶어졌을까? 다른 아이들처럼 질문에 제대로 답을 하지도 못하고, 자기감정을 분명한 말로 전달하지도 않는 아이인지라, 도대체 무슨 생각을 하며 어떤 기분으로 하루하루를 보내는지 참 답답할 때도 많았는데……. 겸이가 건네준 민들레꽃 한 송이는 이런 내 마음을 부드럽게 위로하는 치료제 같았다. "엄마, 나 괜찮아요. 잘 자라고 있어요. 너무 걱정하지 마세요"라고 말해 주는 것 같았다.

깨닫게 되었다. 눈에 잘 보이진 않아도 아이가 천천히, 꾸준히 자라고 있구나! 뒤에서 등을 떠밀지 않아도 자기 스스로 커가고 있는 거구나!

아이는 앞으로도 자기만의 속도에 맞춰 성장해 갈 것이고, 자신의 방식대로 이 세상의 원리와 법칙도 터득해 갈 것이라 믿는다. 남들과 똑같아지기를, 혹은 남들보다 더 빨리 뛰기를 강요하고 싶지 않고, 그렇게 해서도 안 될 것이다. 미래의 알 수 없는 목표점에 우리 아이가 무조건 도달해야 한다는 강박관념에 시달려서, 오늘 이 순간 아이로서 마땅히 느껴야 할 행복과 평안을 희생시키고 싶지도 않다. 우리는 미래에 어떤 일이 일어날는지 알 수 없는 존재이니까. 그리고 아이의 아이다움은, 가능하다면 최대한 더 오래오래 지켜 주고 싶은 가장 귀하고 소중한 것이니까.

예수님은 "진실로 너희에게 이르노니 너희가 돌이켜 어린아이들과 같이 되지 아니하면 결단코 천국에 들어가지 못하리라"(마태복음 18장 3절)라고 하셨다. 그런 면에서 보면 발달이 느린 우리 아이는 더더욱 아름답고 귀한 존재이다. 아이가 커가는 순간순간이 아쉽기만 한 지금 생각해 보면, 겸이는 부모인 우리에게 더 많은 행복과 깨달음을 주는 아이이다. '천국에 들어가는 자격'에 대해 그 삶 자체로 보여 주는 본보기이다.

아이의 표정, 아이의 발걸음, 아이의 손길이, "나 지금 즐거워요! 행복해요!"라고 말하고 있다면, 뭘 더 바라고 욕심낼 필요가 있을까. 지금 이 순간, 아이가 삶의 만족감을 느끼고, 자기 자신을 사랑할 줄 알고, 또 다른 사람을 돌아볼 줄 아는 마음의 여유를 배워 가고 있다면, 그게 바로 우리가 아이에게 줄 수 있는 최선의 것을 주고 있는 것이라고 그렇게 남편과 나는 마음먹었다. 그 이상은 과욕이고, 우리의 능력 밖이다. 아이의 가능성을 믿어 주고, 더 크게는 아이의 삶 전체를 돌보시고 이끄시는 하나님의 선한 손길 안에 겸손히 아이를 맡기는 것, 그것이 부모인 우리의 할 일임을 깨달았고, 지금도 아이를 보며 매일 다짐하고 있다.

아이야,

내가 너를 가르쳐야 한다지만

결국에는 우리 모두 아이가 되어야지.

한 아버지의 아이들 말이야.

그때 나는 배운 걸 모두 잊을게.

어른의 세계와

방해만 되는 지식을 모두 잊을게.

그때는 네가 나를 가르쳐 주겠니?

너의 생생한 경외심으로

내가 땅과 하늘을 보도록 도와주겠니?

– 제인 타이슨 클레멘트

169

'아저씨 음악'이 좋아!

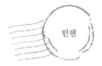

가스타이크 필하모니

어린아이들과 함께이기에, 어른들만 동행하는 여행에서는 느낄 수 없는 낯 뜨거움과 당혹감, 미안함과 창피함 같은 감정들도 받아들여야 하는 것. 그것이 우리의 여행이었다.

인젤 민박집을 떠나 뮌헨에서 맞이한 주일 아침. 어제 뮌헨에 일찍 도착한 덕분에 유명한 올림픽공원과 BMW 전시장, 그리고 마리엔 광장까지, 시내 구경을 잘 마친 뒤였다. 오늘은 다시 오스트리아로 떠나야 했다. 아침 식사 후 짐을 싸고 있는데, 체크아웃을 하러 내려갔던 남편이 들뜬 얼굴로 올라왔다. 호텔 바로 앞에, 뮌헨 필하모닉 오케스트라의 상주 공연장인 '가스타이크 필하모니'가 있는데 오늘 오전에 공연이 있다는 사실을 알았다면서, 이미 호텔 직원에게 양해를 구했으니 공연을 보러 갔다 온 후에 체크아웃을 하자는 거였다. (아, 직원님, 왜 그리 친절하신 거예욧!) 갑작스럽게 생긴 일정이 부담스러웠지만, 이미 흥분으로 가득 차 있는 남편을 말릴 수도 없어 싸던 짐을 그대로 둔 채 길 건너 공연장으로 출발했다.

보슬비까지 맞아 가며 헐레벌떡 뛰어가 보니, 이미 입장이 시작되고 있었다. 사실, 난 아이들이 어리기 때문에 입장을 못 하게 될지도 모른다고 생각했는데, (보통 우리나라의 클래식 공연장은 8세 이하는 입장불가임) 이곳 직원은 "No Problem!"이라며 흔쾌히 들여보내 주었다.

우리는 3층 가장자리에 자리를 잡고 앉았다. 오늘의 연주곡은 조지 거쉰의 교향곡과 그 외 몇 곡이었다. 세계적으로 명성이 자자한 뮌헨 필하모닉 오케스트라의 연주이니 그 수준이야 말할 나위 없겠고, 그것도 내가 좋아하는 거쉰의 교향곡이라니! 아이들이 걱정이긴 했지만 그래도 설레었다!!! 내 평생, 이렇게 멋진 공연장에서 뮌헨 필하모닉의 연주를 생생하게 직접 들을 수 있는 기회가 언제 또 있겠는가!

하지만 감동과 기쁨도 잠시, 나는 곧 바늘방석에 앉은 것처럼 안절부절못하게 되었다. 연주가 시작된 지 5분도 채 되지 않아서 민이는 앉아 있던 내 무릎 위에서 내려갔다 올라갔다, 팸플릿을 접었다 폈다, 떨어뜨렸다 주웠다, 부산을 떨기 시작했다. 조금이라도 조용히 있게 해보려고, 계속 간식을 입 속에 넣어 주었지만, 약발이 그리 오래 가지 않았다. 클래식 음악 공연장에서 우아하게 교양을 지키며 앉아 있기에는 너무 어리고 에너지가 넘치는 네 살 꼬맹이였던 것이다.

식은땀을 흘리며 아이를 보던 나에게 중간 휴식 시간을 알리는 소리는 마치 '환희의 송가' 같았다. 얼른 아이들을 데리고 밖으로 나왔다. 그런데 정말 우려했던 일이 우리를 기다리고 있었다. 중년의 한 여자분이 우리 쪽으로 다가와 남편을 부르더니, 딱딱한 독일식 억양의 영어로 말을 시작했다. 분위기가 심상치 않아서 나는 아이들을 데리고 일부러 좀 멀리 떨어져 나왔다. 아니나 다를까, 남편이 전하길, 그분은 "당신 아이들 때문에 공연에 집중을 못하고 있다. 아이들을 위한 공연은 따로 있으니, 그런 공연들이나 보러 다녀라. 왜 들어와서 피해를 주느냐?"라며 화를 내었다고 했다. 남편은 미안하다고 정중히 사과했고, 우리는 남은 공연을 계속 볼지 말지 고민에 들어갔다.

후반부 공연 시작 시간이 다가왔다. 결정을 못 하고 공연장 문 앞에서 머뭇거리며 서 있는데, 그때 누군가 또

다가왔다. 이번에는 좀 더 나이가 있으신 백발의 할머니
셨다. 미소 띤 얼굴로 우리 아이들을 바라보시면서, 괜찮
다고, 아이들은 원래 그러는 거라고 하시면서, 공연을 감
상하는 데에 별로 큰 방해가 되지 않으니 그냥 자리에 앉
아서 공연을 끝까지 보라고 응원해 주셨다. 아까 와서 우
리에게 화를 내며 나가라고 했던 그 여자가 유별나고 이
상한 거라고 살짝 흉까지 보시면서…… 하하하!!! 이건,
어느 쪽에 장단을 맞추어야 하는 상황인고? 독일 할머니
의 따뜻한 응원도 있고, 어쨌든 극장 측에 허락받고 들어
온 공연이니, 우선은 다시 들어가 보기로 했다. 하지만 역
시, 아무래도 안 되겠다 싶어서 남편이 잠시 후에 민이를
데리고 공연장을 나갔고, 나는 겸이와 끝까지 음악을 감
상했다.

　겸이는 음악을 참 좋아하는 아이다. 동요도 물론 좋
아하지만, 신기하게 클래식 음악에도 관심을 보인다. 겸
이가 두 돌쯤 되었을 때, 중학교에서 음악 교사를 하는 지
인의 집에 놀러갔다가 베를린 필하모닉 오케스트라의 공
연 DVD를 처음 본 후, 거기에 빠져 버린 것이었다. 그
DVD 세트를 집에 빌려 왔다. 겸이는 매일 그 영상을 틀
어 달라고 졸랐다. 총 열 가지의 공연 영상 중에서도 제일
좋아했던 건 '2002년도 월드 앙코르 발트뷔네(Waldbuhne)

콘서트'였는데, 지휘자는 마리스 얀손스(Mariss Jansons)였다. 나중엔 하도 틀어 대서 DVD가 망가질까 걱정이 될 정도에 이르렀다. 할 수 없이 원래 주인에게 DVD를 돌려주었는데, 겸이는 그 후로도 매일 "아저씨가 보고 싶다"며 그리움을 호소했다. 결국 똑같은 DVD세트를 구입했다. 겸이는 공연 영상 속 마리스 아저씨의 지휘 흉내를 냈고, 공연이 끝나면 마치 자신이 그 공연장에 있는 관람객인 양 힘찬 박수를 보내곤 했다.

이렇게 여행을 오기 전에도 종종 클래식 음악을 즐겨 들은 덕인지, 겸이는 공연 내내 얌전히 앉아 음악을 감상했다. 겸이는 지금도 클래식 음악 듣는 것을 좋아하고, 악기들에 관심도 많다. 다섯 살의 나이에, 뮌헨의 공연장에서 고품격 음악을 들었던 경험도 이런 취향을 갖추는 데 한몫했을까? 겸이는 요즘도 아빠와 함께 종종 클래식 공연장에 가는 고상한(?) 아이다.

더불어 생각해 본다. 그 공연장에서 우리가 첫 번째 사람만 만났다면, 우리는 독일 사람들에 대해서 아주 깐깐하고 속 좁은 사람들이라는 편견을 갖게 됐을지도 모른다. 그런데 다행히 두 번째 어르신 덕분에, 이곳에도 아이들을 이해해 주고 넓은 마음으로 받아들여 주는 사람이 있다는 사실을 경험할 수 있었다.

내가 좀 불편할지언정, 남에게 싫은 소리 듣는 일이라면 질색하는 나는 여행 내내 이런저런 상황들 속에서 계속 눈치를 보고 움츠러든 마음으로 지냈다. 그랬던 나이기에, 그 어르신의 따뜻한 말과 표정, 미소는 무척 큰 위로가 되었다. 먼 타국 땅으로 여행 와서, 그래도 아이들에게 어떻게든 좋은 것을 경험하게 해주고 싶어서, 힘들지만 꾸역꾸역 애쓰고 있는 우리 부부의 가난한 마음을 알아주는 것만 같아서 더욱 고마웠던 것 같다.

나 또한 살아가면서, 그렇게 낯선 땅에서 당혹해하는 나그네들을 만난다면, 또 아이들의 천진난만함 때문에 민망한 상황 속에서 낯 뜨거움을 경험하는 초보 부모들을 만난다면, "괜찮다"고, "누구나 그럴 수 있는 것"이라고 따뜻한 말 한마디 꼭 건네주는 사람이 되어야겠다.

아이가 스스로
느낄 수 있게

《아이들을 위한 라브리 가정교육》(수잔 쉐퍼 맥콜리 지음)이라는 책
에 '샬롯 메이슨'(1842~1923)이라는 영국 교육학자의 사상에 대한
소개가 나온다. 나와 남편은 여행을 가기 전, 그리고 여행 도중 이
책을 틈틈이 꺼내 읽으며 깊은 깨달음과 도전을 받았다.

샬롯 메이슨은 아이들의 타고난 인격과 인지능력을 높이 평가하
고 존중하였는데, 그래서 그녀는 어른들이 아이들을 위해서 만들
거나 글로 쓴, 지적으로 수준이 낮고 무용한 것들을 일컬어 "저 수
준의 것"이라고 불렀다. 샬롯 메이슨은 자신이 알고 있는 좋은 것들
을, 문학이든 미술이든 음악이든, 아이들이 단지 어리기 때문에 이
해할 수 없다고 단정 짓지 말고, 그것을 아이들에게 소개하는 즐거
움을 갖기를 권했다. 작게 조각난 단편적인 지식이 아닌, 살아 있는
통째의 것, 고상하고 품위 있는 좋은 것을 그대로 건네주어야 아이
가 스스로 탐색하고 느끼고 질문하는 가운데 아이들의 능력이 확
장된다고 믿었기 때문이다. 예를 들어, 총천연색 만화풍의 그림책
보다는 고흐나 렘브란트 같은 유명한 화가들의 좋은 그림을 감상하
게 하고, 짧게 서너 장으로 줄여 쓴 《어린 왕자》보다는 편집되지 않
은 원래의 《어린 왕자》를 읽어 주는 게 더 바람직하다는 것이다.

음악도 예외는 아니다. 아이들에게 동요만 가르쳐야 한다는 편견을
갖지 말고, 클래식과 민속음악 등 다양한 종류의 음악들 중에서 품

격 있고 아름다운 것들을 골라서 들려줄 것을 권했다.

실제로 그녀가 세운 학교에서 아홉 살 아이들이 1년에 세 편씩 셰익스피어의 작품을 읽고 1년에 한 번씩 한 작품을 골라 연극을 했다는 이야기를 읽고 든 생각은 '설마 그것이 가능해? 아이들이 그 정도까지 할 수 있나?'였다. 내겐 너무 먼 이상 같았고, 그 이상과 현실의 괴리가 너무 커 보였기 때문이다. 하지만 샬롯의 말대로, 그런 내 생각이 그저 틀에 박힌 어른들의 것에 불과하다면? 그래서 우리가 아이들을 위한다는 말로, 실상은 아이들의 무한한 가능성을 가로막고 있는 것이라면? 그건 정말 하지 말아야 할 일이 아닐까?

그런데 사실 '높은 수준의 것', '고상하고 품위 있는 좋은 것'이라는 말이 참 모호하게 들리긴 한다. 사람마다 보는 시각이나 취향, 판단 기준이 다르기 때문이다. 보다 근본적으로는 개인의 사상과 철학, 가치관의 문제이기도 하기에……. 다만, 여기서 배운 한 가지는, 부모로서 아이에게 무언가를 건네줄 때, 그것이 아이의 정신과 영혼에 어떤 영향을 미칠 것인가 고민해야 한다는 점이다. 내가 읽어 주는 책의 내용이, 아이에게 들려주고 보여 주는 음악과 그림이, 우리 아이가 바른 양심과 건전한 마음을 갖고, 타인과 잘 어우러지는 따뜻한 성품의 소유자로 살아가는 데 도움이 될 것인가 혹은 해가 될 것인가?

더 근본적으로 자신을 창조하신 하나님 앞에서 스스로의 존재를 인식하며 겸손한 태도로 살아가는 데에 유익이 될 것인가, 걸림돌이 될 것인가? 매 순간 아이 앞에서 그 고민을 해야 하는 것이 부모라는 생각을 자주 하게 된다.

네 번째 소풍

←————————————————————————————————————→

오스트리아

자유 여행을
추천합니다!

미라벨 정원

또 나라가 바뀌었다. 자동차만 몇 시간 타고 가면 국경을
넘는다니, 참 신기한 경험이다. 오스트리아 유명 휴양지인
잘츠가머구트로 가는 도중에 잘츠부르크에 잠시 들르기로
했다. 모차르트 때문일까? '잘츠부르크'라는 도시의 어감
자체가 고전적인 바이올린 선율을 떠올리게 했다.

시간이 넉넉하지 않아서 잘츠부르크 도시 관광을 꼼
꼼히 할 순 없었기에, 우리는 '미라벨 정원' 딱 한 곳만 가
보기로 했다. 영화 '사운드 오브 뮤직'에서 주인공 마리아
와 아이들이 '도레미 송'을 불렀던 장소로 유명한 곳이다.
때는 5월을 코앞에 둔 초봄. 정원에는 형형색색의 꽃들이
만발해 있었다. 연초록 잔디와 갖가지 색깔의 팬지꽃들이
심어진 정원은 마치 꽃 카펫 같았다. 꽃 보며 분수 보며,

햇볕을 쬐는 데 딱 좋은 사랑스런 정원이었다.

정원에는 관광객뿐 아니라, 검은색 정장 차림으로 악기가 든 가방을 메고 총총걸음으로 걸어가는 이들도 있었다. 바로 앞에 모차르트대학도 있고, 근처에 공연장도 많은 듯했다. 모차르트를 배출한 도시답게 잘츠부르크는 1년 내내 음악이 끊이지 않는 도시라더니, 그 말이 맞긴 맞구나. 우리도 시간만 맞으면 공연 하나 보고 가면 좋으련만, 시간도, 금전도, 그리고 아이들의 인내력도 넉넉하지 않으니 다음 기회로!

벤치에 앉아 점심을 먹고 있는데, 한 무리의 관광객들이 눈이 띄었다. 어디서 많이 듣던 소리가 들렸다. 한국말이었다. 아! 애써 귀 기울이고 머리 쓰지 않아도 그 의미가 그대로 전해지는 참 좋은 우리말! 얼마나 그리웠던가! 그 순간만큼은 그 어떤 교향곡보다도 더 반갑고 아름다운 소리였다.

한국인들이 단체로 여행 중인 듯했다. 아무도 말 걸어 주는 이는 없었지만, 이런 곳에서 만나니 검은색 머리카락만 봐도 반가울 정도였다. 그래서 그들이 자리를 떠날 때까지 줄곧 그들을 지켜보았다. 삼삼오오 모여 이야기를 나누면서 셀카봉으로 사진을 찍던 관광객들은 한 5분 정도 그렇게 정원을 쓱 둘러보더니 이내 자리를 떴다.

그런데 퍼뜩 이런 생각이 들었다. 나는 지금 뭘 하고 있는 거지? 같은 여행인데, 저들과 나는 왜 이렇게 달라 보이지? 가이드와 이십여 명의 어른들이 함께하는, 어찌 보면 몸도 맘도 편안한 그들의 관광과, 이 정원 벤치에 헐렁한 차림새로 앉아 도시락을 까먹고 있는 우리 네 식구의 여행은 무엇이 다른 걸까? 그들과 나는 지금 이 시간과 이 장소를, 세월이 지난 후에 얼마나 다르게 기억할까? 정말 '다르게' 기억할까?

어떤 면에선 비슷할 수도 있고, 혹은 아주 다른 것일 수도 있을 것이다. 무엇보다도 여행을 하는 그 당사자의 생각은 물론, 여행의 목적과 방법, 일정, 주변 상황과 동행하는 사람들 등 많은 것이 영향을 미칠 테니까 말이다. 각자 편하게 생각하는 여행의 방식은 사람마다 다 다르다. 어떤 한 가지만을 옳다거나 좋다고 판단할 순 없다. 하지만 개인적으로 나는 그 순간, 나의 여행 방식에 대해 은근한 자랑스러움을 느끼고 있었다. 나에게도 생소한 느낌이었다. 왜냐하면 앞에서도 말했듯이, 나는 이런 자유 여행을 상당히 부담스러워하는 성격이었으니 말이다. 하지만 어느 새 나도 이렇게 일정 없고, 경계 없고, 소속 없는 방식이 좋아진 걸까? 내 마음 속에, '에이, 그래도 가이드 따라다니는 것보다야, 이렇게 마음 가는 대로, 발걸

음 가는 대로 하는 여행이 훨씬 더 낫지' 하는 생각이 불
쑥 튀어나오는 거였다.

　우리는 여행 전문가도 아니고, 여행을 많이 다녀본
경험도 없지만, 그래도 혹 가게 된다면 자유 여행 방식을
선호한다. 신혼여행으로 이탈리아에 갔을 때, 도중에 이
틀간 로마 유적지와 바티칸을 가이드 투어 한 적이 있다.
새벽부터 밤까지 어마 무시한 일정을 따라가다가 결국 이
틀째 날 저녁, 도저히 견디지 못하고 도중하차했던 경험
이 있다. 물론 그때, 이탈리아에서 유학 중이라는 가이드
청년의 친절하고 유쾌한 설명 덕분에, 우린 많은 문화재
와 그림들을 이해하는 데 적지 않은 도움을 얻었고, 자주
감탄사를 내뱉으며 지적 즐거움을 누렸다. 그런데 정말
아쉽게도 그때 들었던 몇 시간 분량의 이야기들이 지금은
하나도 기억나지 않는다. 레오나르도 다빈치는 인류 역
사상 최고의 천재라면서 상기된 얼굴로 열변을 토하던 그
청년의 표정만이 어렴풋이 떠오를 뿐. 왜일까? 그건 내가
공부하고 경험해서 얻은 진짜 지식이 아니었기 때문이다.
이탈리아에서 몇 년간 이탈리아 사람과 섞여 살면서, 그
가 땀 흘려 공부해 익히고, 몸으로 부딪히며 습득한 생생
한 지식들을, 내가 어떻게 하루 이틀 만에 넘볼 수 있겠는
가? 그건 원래부터 내 것이 아니었던 것이다.

그래서 가능하다면, 자유 여행을 추천하고 싶다. 여행할 곳을 고르고, 일정을 짜보고, 시간을 계산해 보고, 잠은 어디에서 잘지, 어디서 무엇을 먹을지 스스로 결정하고, 심지어는 사진을 어디에서 어떤 각도로 찍을지 결정하는 것까지. 몽땅 다 다른 사람의 손에 맡기고 따라가는 여행보다는, 어설프더라도 때로는 길을 잘못 드는 실수를 하더라도, 스스로 직접 해보는 게 훨씬 더 많이 기억에 남는다. 뭐라도 한 가지, 도움이 되고 배움이 된다. 몸에도 무리가 가지 않아서 좋고 말이다.

신의
데칼코마니

그룬들 호수

오스트리아 수도인 빈으로 가기 전, 이틀간 머물러야 할 곳은 그룬들 호수 리조트. 호숫가 언덕에 있는 산장 같은 리조트였다.

근처에 있는 할슈타트에도 가보았지만, 유명세에 미치지 못한 풍경에 조금 실망했다. 호수의 물이 깨끗하지 않았기 때문이다. 유명해지면 사람들이 모이고, 사람들이 모이면 자연은 더러워지고. 이 원인결과의 법칙은 동서양을 막론하고 해당되는가 보다.

언제나처럼 소소한 마을 구경으로 평온한 시간들을 보낸 후, 그룬들 호수를 떠나는 마지막 날. 아침 식사를 마치고 리조트 주변 언덕을 천천히 산책했다. 아이들이 앞서거니 뒤서거니 하며 걷기도 하고 뛰기도 했다. 풀밭

어느 쪽이 하늘이고, 어느 쪽이 물인지.
이토록 아름다운 그림을 마음에 담을 수 있었던 행운의 날.

사이로 난 좁은 흙길을 한 걸음 차이로 걸어가는 두 아이의 뒷모습을 보며 난 잔잔한 행복감에 젖었다. 형의 뒤를 따라가는 동생, 그 둘 사이의 평화로움이 지금처럼 앞으로도 쭉 계속될 수 있다면 얼마나 좋을까? 이 험한 세상, 너희 형제 둘이서 그렇게 앞에서 걷고 뒤에서 지켜주며, 서로 힘이 되는 관계로 기대어 살 수 있다면, 아빠 엄마는 더 바랄 게 없겠구나!

마을 쪽으로 내려가 보니, 보트를 빌려 주는 곳이 있었다. 가격도 비교적 저렴하고, 보트를 타는 사람이 직접 운전을 해야 한다니, 이것도 참 새로운 경험일 것 같았다. 처음엔 좀 조마조마했는데, 곧 남편도 익숙해졌고, 나중에는 아이들도 한 번씩 운전대를 잡아볼 정도로 운전은 쉬웠다. 와우! 이 넓디넓은 호수에 오직 우리 가족이 탄 배 한 척만 떠 있는, 이 말도 안 되는 상황이라니! 이럴 수가 있나 싶을 정도로 비현실적이었다.

날씨마저 환상적으로 좋았다. 바람도 불지 않아 고요하고 투명한 호수 위에, 눈 덮인 검푸른 산과 초록나무들, 하얀 구름이 그대로 비쳤다. 물감을 이리저리 짜놓은 후, 조심조심 종이를 반으로 접었다 펴면, 왼쪽과 오른쪽이 똑같이 대칭되며 나타나는 새로운 그림, 데칼코마니. 이 세상 어디에서 이렇게 완벽하고 아름다운 데칼코마니를 볼 수 있을까! 하나님이 만드신 그 모습 그대로일 때, 자연은 이처럼 웅장함과 신비로움을 마음껏 뽐내는구나! 저절로 감탄사가 터져 나오는 순간이었다.

보트 안에서 보내야 하는 시간이 생각보다 길었다. 아이들과 살짝 호수에 손가락을 담가 보기도 하고, 다시 못 올 이 순간을 두 눈 안에 담는 것만으로는 아쉬워 사진도 찍어 가며, 그렇게 진심으로 한가로운 한 시간을 보냈다. 그야말로 '쉼'이었다. 레저(leisure)라는 단어의 뜻이 '일이나 공부 따위를 하지 않아도 되는 자유로운 시간'이라고 하는데, 그 보트에서의 시간은 그야말로 아무것도 안 해도 되는 시간, 레저 100퍼센트였다.

벨기에의 유명한 그림 작가 안 에르보(Anne Herbauts)는 자신의 어린 시절을 돌아보며 부모님이 자신에게 해주신 일 중 가장 소중한 것은 "새소리를 듣기 위해 바위 위에 앉아 있다가 돌아오는 일, 시냇물을 하염없이 바라보다가 돌아오는 일처럼 사회적 기준에서는 '아무 쓸모없는 일'에 시간을 써도 불안하지 않은 사람으로 키워 주신 것"이라고 말했다.

우리 아이들도 오랜 세월이 흐른 뒤, 이 시간을 추억하며 그런 고백을 한다면 좋겠다. 오스트리아 한 호수 위에서 아무것도 하지 않고, 하늘과 물 사이에 떠 있던 그 여유로움이 참 좋았다고, 그런 시간을 선물해 주었던 부모님이 참 고마웠다고⋯⋯.

지금 다시 생각해도 진심으로 그리운 곳이다. 나중에 아이들이 크고 우리는 노인이 되었을 때, 그곳을 꼭 다시 한 번 찾아가고 싶다. 그곳의 시간은 여기 한국에서보다 느리게 흐를 것만 같다. 바람도 천천히 불고, 햇살마저 천천히 내려오고, 모든 움직이는 것들의 발걸음이 더딜 것만 같다. 30년 후, 백발이 성성해진 우리 부부가 다시 그곳을 찾았을 때에도, 어쩌면 낯익은 사내아이 둘이, 호수를 배경으로 나 있는 좁은 흙길 위를 딱 한 걸음 차이로 걷고 있을 것만 같다.

형제자매

겸이가 다녔던 유치원 특수학급 선생님께 아이를 이해하는 데 도움이 될 만한 책 추천을 부탁드린 적이 있다. 그런데 뜻밖에도 《장애아의 형제자매》라는 책을 추천해 주셨다. 난 겸이 양육을 위한 책 추천을 부탁했는데, 민이를 위한 책을 추천하신 것이다. 선생님은 이런 말씀을 덧붙이셨다.

"제가 옆에서 지켜보기에, 겸이에 대한 부모님의 노력은 특별히 부족한 부분이 없어요. 앞으로도 지금처럼만 하시면 돼요. 그런데 앞으로 시간이 지나면 지날수록 겸이와 민이의 관계에 여러 가지 일이 생길 거예요. 특히 동생인 민이에 대한 부모님의 관심과 배려가 더 필요해질 거예요."

책의 저자인 케이트 스트롬은 뇌병변장애가 있는 언니와 함께 자라면서 겪었던 자신의 심리적인 고통과 압박, 외로움, 고립감, 두려움과 걱정들, 죄책감과 슬픔에 대해 솔직하게 적고 있었다. 그리고 그런 부정적 감정들이 성인이 된 후의 삶에까지 어떤 영향을 미치는지, 그리고 자신의 혼란스러운 감정과 어려움들을 어떻게 치료받고 극복하게 되었는지를 자세히 밝혔다. 케이트는 점차 자신과 같은 상황 속에서 비슷한 어려움을 겪으며 살아가는 많은 '형제자매'들에게 관심을 갖게 되었고, 그래서 그들을 위한 상담가로 활동하고 있다. 장애아를 둔 부모라면, 그리고 장애가 없는 형제나 자매를 둔 부모라면, 꼭 읽어 봐야 할 책이었다. 민이가 형과 살아가면서 실제로 어떤 감정들을 느끼는지, 혹은 앞으로 느낄 수 있는지 짐작해 볼 수 있었고, 예상해 볼 수 있었다.

감사하게도 두 아이는 여전히 서로에게 친절하고, 잠시라도 못 보면 서로를 보고파 한다. 얼마 전, 사정이 있어 함께 있지 못하다가, 이틀 만에 형을 만난 동생은 저녁 식사 시간에 형에게 밥을 떠먹여 주는 것으로 그 반가움을 표현했다. 이 모습을 지켜보던 나는 오래전, 민이가 한 살도 되기 전에 겸이가 자그만 숟가락에 이유식을 떠서 민이를 먹여 주곤 했던 일이 떠올랐다. 형에게서 이유식을 받아먹던 그 꼬맹이가 이제는 "형아, 골고루 먹어야 키가 쑥쑥 큰단 말이야. 이거 다 먹어야지" 하면서 엄마 대신 잔소리를 하는 당찬 동생이 되었다.

앞으로 아이들이 더 자라고, 그래서 두 아이 발달 간의 격차가 벌어질수록 아직까지는 경험하지 못한 새로운 어려움들이 다가올 것임을 짐작하고 있다. 그 모든 어려움의 해결책은 무엇일까? 책을 읽으며, 부모가 아이에게 줄 수 있는 가장 큰 선물은 아이가 느끼는 감정들, 분노, 슬픔, 우울, 당황스러움, 두려움, 죄책감을 비롯한 갖가지 설명하기 어려운 감정들을 솔직하게 말하게 해주고, 그것을 이야기하는 능력을 키워 주는 것임을 배웠다.

장애가 있는 형제와 함께 산다는 것. 그것은 나도 경험해 보지 않은 일이다. 민이의 어려움을 난 아마 평생 다 알지 못할 것이다. 하지만 이미 '가족'이라는 울타리로 맺어진 이 관계가 적어도 '감사'의 조건이 되기를 소망한다. '고난'이 꼭 '불행'의 동의어가 아니기에, 주어진 상황 속에서 우리가 함께 '행복'을 찾아가길 꿈꾼다.

박물관은
재미있다!

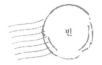

자연사박물관

한국을 떠난 지 한 달이 되었다. 오스트리아의 수도 빈의 한가진 동네. 구불구불 가파른 언덕길을 한참 올라가서 도착한 숲 입구. 그곳에 우리 민박집이 있었다. 주인은 오스트리아인, 부인은 중국인이었고, 딸 이름은 율리아, 아들 이름은 마르쉘이었다. 아홉 살, 일곱 살이었는데, 말이 통하지 않아서이기도 했을 테고, 두 아이 모두 낯을 가리는 조용한 성품인 탓인지, 우리 아이들과 잘 어울려 놀지는 않았다. 재미있는 건, 이 집은 아직 완성된 집이 아니라는 것. 물론 우리에게 빌려 주는 공간은 깨끗하게 공사가 끝나 있었지만, 층층으로 만들어진 마당과 정원은 아직도 미완성이어서 여전히 흙바닥을 드러낸 채 주인의 손길을 기다리고 있었다. 대문 옆 창고 안에 온갖 공구들

196

이 잔뜩 쌓여 있었는데, 집주인인 안드라스가 그곳에서 직접 집 인테리어를 하고 있다고 했다.

중국인이었던 부인은 나에게 "어린아이 둘을 데리고 이 먼 곳까지 여행을 오다니, 너 참 터프하다"고 말을 건넸다. 내가 터프하다고? '터프하다'는 말은 나에게 절대 어울리지 않는 말이라고 생각했는데, 인생 살다 보니 별일도 다 있다 싶었다. 씩씩하고 용감하다는 뜻이겠지? 나쁘지 않았다. 은근히 자신감 샘솟게 하는 말이다. 그래, 나는 터프한 문씨 아줌마!

다음 날 박물관, 미술관들이 모여 있는 '뮤지엄콰르테' 거리에 있는 자연사박물관으로 향했다. 자연사박물관? 이름만 들어도 무지무지 지루할 것만 같은 그곳에 문을 열고 들어선 순간, 우선은 어마어마하게 많은 종류의 전시물들을 보고 놀라지 않을 수 없었다. 온갖 동물의 박제들을 시작으로, 셀 수 없이 많은 곤충표본들, 광물들, 화석들, 그리고 그 거대한 크기에 압도당하게 되는 공룡뼈 전시물까지. 한마디로 대. 단. 했. 다! 난생 처음 자연사박물관이라는 곳에 들어간 우리 네 사람은 이날 별천지를 발견한 셈이었다. 백과사전에서나 보았던 것들이 이리 봐도 한가득, 저리 봐도 한가득, 사방 벽은 물론 천장까지 가득가득.

→
빈 자연사박물관은 세계 최대 규모를
자랑한다. 런던의 자연사박물관과 함께
유럽에서 손꼽히는 박물관.

↑
광물, 화석, 동물의 박제품 등
약 3만여 가지에 이르는 전시물들이
빼곡히 차 있다.

←
금방이라도 살아 움직이며 깍깍 소리를
낼 것 같은 새 모형 앞에서.

←
이것저것 만져 보고, 조작해 보고,
동영상으로 설명해 주는 전시물들이
우리의 눈길을 끌었다.

↓
가장 인기 많은 공룡관. 어디서 이 많은
공룡뼈들을 모아 전시했을까,
놀랍기만 했다.

제일 좋았던 건, 직접 만져 보거나 체험 가능한 것들이 곳곳에 자리하고 있는 것이었다. 버튼을 누르면 움직이는 모형들, 현미경을 통해 직접 들여다볼 수 있도록 해 놓은 슬라이스들, 자연의 원리를 쉽게 설명해 놓은 그림이나 동영상이 많이 있어서, 아이들의 호기심을 자극했다. 두 아들이 흥분해서 뛰어다닐 정도로, 이곳저곳에 만져 보고 싶은 것들이 가득했다. 아! 아이들도 박물관을 이렇게 좋아할 수 있구나! 새로운 깨달음이었다. 지금까지의 짧은 경험에 비추어, 박물관은 따분하고 재미없는 곳이라고 단정 지었던 게 착각이고 편견이었다. 빈의 자연사박물관은 나와 아이들에게 '박물관은 재미있다'는 생각을 안겨 준, 우리 생의 첫 번째 장소였다.

더 놀라운 것은 겸이의 말이었다.

"엄마, 새 뒤에 나무가 달렸어요."

"뭐라고?"

겸이는 공작새의 깃털을 보고 있었다. 깃털이 펼쳐진 모습이 꼭 초록 나뭇잎들 같았나 보다. 천장에 매달려 있는 상어 모형과, 안전을 위해 그 아래 매달아 놓은 그물망을 올려다 본 겸이는 또 이렇게 말했다.

"상어가 거미줄에 걸렸어요."

"야! 우리 겸이, 말 진짜 잘하네!"

날개마다 가느다란 핀을 꽂아 놓은 나비 표본을 보고
는 또 이렇게 말했다.

"나비가 아파, 아파."

"나비가 아플 것 같아?"

"네. 나비가 아파요."

이제껏 들어 본 적 없는 새로운 말들이었다. 아이의
순수한 눈으로, 따뜻한 공감의 마음으로 표현하는 말들
이 그 마음만큼이나 곱고 예뻤다. 아이는 새롭게 보고 경
험하는 것들 앞에서 황홀해했고, 자기만의 표현이 많아졌
으며, 평소보다 훨씬 많은 대화를 우리와 나눴다. '말하지
않는 아이'에게 '말할 거리'를 만들어 주면 말을 하는 거
구나! 또 다른 발견이었다.

다섯 번째 소풍

←――――――――――――――――――――――→

체코

꽃꽂이
왕자

프라하

프라하 성, 왕궁 정원

오스트리아 민박집을 떠나는 날, 트렁크에 산더미 같은
짐을 차곡차곡 실으며, 남편 왈.

"우리 꼭 집시 같지 않아?"

머물렀다 다시 떠나는 일이 처음엔 막막했는데, 갈수
록 익숙해지고 있었다. 짐 싸는 데 걸리는 시간도 부쩍 줄
어드는 게, 나름 노하우가 쌓이나 보다. 겸이도 이제 새
숙소에 처음 들어서면, 당연한 듯 "엄마, 오늘은 여기서
자는 거예요?"라고 물었다. 이야, 우리 아들, 적응력 좋
아졌네! 그래, 이렇게 가벼운 몸 가벼운 마음으로 사는
것도 나쁘지 않겠다. 사람 사는 데 필요한 물건이 뭐 그리
많다고, 우리가 얼마나 불필요한 물건들을 집 안에 가득
가득 채우고 사는지, 여행을 떠나 보면 깨닫게 된다.

↑
길이 124미터, 폭 60미터, 높이 33미터에 이르는 규모의 성 비트 대성당.
첨탑의 높이는 100미터에 이른다. 제단을 바라보고 왼쪽으로 세 번째 스테인드글라스가
알폰스 무하의 작품이다.

다섯 번째 나라인 체코에 도착했다. 우리가 간 유일한 동유럽 국가이다. 숙소로 가는 길에 큰 슈퍼마켓에 들러 아이스박스를 샀다. 가지고 다니는 음식들이 상할까 염려될 정도로 점차 더워지고 있었다. 체코의 물가는 서유럽 나라들에 비해 확실히 착한 편이다. 덕분에 아이들의 신발과 양말 등 필요한 것들을 때맞춰 장만할 수 있었다.

프라하에서 맞이한 첫 아침. 호텔 부근 광장에서 12번 트램을 타고 프라하 성으로 출발했다. 도착한 정류장에서 성까지 올라가는 길에 경사가 있어서, 유모차를 밀고 가기가 만만치 않았다. 15분쯤 헉헉 대며 올라가서야 언덕 꼭대기에 자리 잡은 아름다운 고성을 만날 수 있었다. 관광객들이 엄청나게 많았다. 특히나 뾰족한 첨탑들이 줄을 지어 장식되어 있는 성 비트 대성당은 크기도 어마어마, 그 안에 사람들도 바글바글. 체코의 화가 알폰스 무하가 제작했다는 스테인드글라스만 재빨리 눈에 담고, 아이들을 데리고 밖으로 나왔다.

우리는 바로 왕궁 정원으로 향했다. 1535년에 페르디난트 1세라는 왕이 아내를 위해 만든 정원이라는데, 깨끗하게 손질된 잔디밭과 나무들, 곳곳에 놓인 작은 분수들이 단정하고 아담한 느낌을 주었다. 아까 지나온 광장 앞에는 그렇게 사람들이 많았는데, 이곳에는 사람이 거의 없었다. 참, 안타깝네. 이렇게 좋은 곳을 놓치고들 가시다니!

아이들과 함께 나무를 껴안아도 보고, 우리가 잘 아는 민들레꽃 찾기 놀이도 해보고. 그러다가 아예 잔디밭에 자리를 잡고 앉아 '솔방울 꽃꽂이'를 시작했다. 솔방울 틈 사이사이에 작은 들꽃을 하나하나 끼워 넣는 꽤나 섬세한 작업이었는데, 겸이가 집중력을 발휘하기 시작했다. 민이는 엄마랑 형이 뭘 하거나 말거나 뒹굴고 뛰어다니는데, 겸이는 꼼짝 않고 앉아서 차곡차곡 빈자리를 채워 갔다. 가만히 앉아 손톱만한 틈새에 꽃을 꽂았다. 숨 한 번 크게 쉬지 않고 집중하는 아이의 표정은 진지함 그 자체였다. 스스로 생각할 때 이만하면 됐다 싶었는지, 솔방울을 반쯤 채운 후 엉덩이를 탈탈 털고 일어나 뿌듯한 표정으로 사진 포즈까지 잡아 주었다.

정원 막다른 곳에 분수가 있었는데, 분수의 이름이 '노래하는 분수'였다. 청동으로 만들어진 물 받침대에 바짝 붙어 앉아 가만히 귀를 대고 있으면, 분수의 물소리가 희한하게도 악기 소리로 들렸다. 그 옛날, 어떻게 이런 걸 생각하고 만들었을까. 참 경이롭기도 하다.

프라하의 멋진 시가지가 훤히 내려다보이는 전망대에서 경치를 구경하고, 천천히 다시 걷기 시작했다. 초콜

← 정원 동쪽 끝에 있는
여름별궁 앞 '노래하는 분수'.
"가만히 들어 봐. 물방울들이
너에게 노래를 들려줄 거야."

→
고사리처럼 작은 손가락으로 만든
멋진 작품.

릿 아이스크림을 사서 하나씩 들고 쉬엄쉬엄 트램 정류장을 향해 내려가 강변까지 걸었다. 프라하의 대표적 관광 명소인 카를교에는 많은 기념품 상인들과 거리의 화가들, 악사들이 자리하고 있었다. 우리도 잠깐 멈춰 서서 거리 악사들이 연주하는 음악을 감상했다. 콘트라베이스 같은 익숙한 악기도 있었지만, 난생 처음 보는 신기한 악기를 두드리며 노래하는 분도 있었다. 음악은 낯설지만 경쾌했고, 오래되었지만 왠지 젊음이 느껴지는 도시 프라하에 꽤 잘 어울렸다. 겸이는 엉덩이를 들썩거리며 손뼉을 치고, 자기 손으로 직접 악사들의 바구니에 동전을 넣고 오는 일을 즐겁게 수행했다.

다시 트램을 타고 숙소로 돌아갈 시간이었다. 오늘도 참 많이 걸었다. 튼튼한 우리의 다리들과 잘 굴러가 준 유모차 바퀴들에게 박수를!

아이를 위한
길 찾기

겸이와 같은 아이들의 장점 중 하나는 집중력이 좋다는 것이다. 여느 아이들처럼 다양한 분야를 탐구하거나 백과사전식 지식을 자랑하진 않지만, 자기가 관심을 갖는 어떤 한 가지엔 심하다 싶을 정도로 몰입하고 집착하는 성향을 갖고 있다. 분수, 기차, 백조, 초콜릿, 최근에는 클레이(점토놀이)와 물고기, 앵무새, 물시계 등이 겸이가 사랑해 마지않는 그 몇 가지들이다. 아이의 이러한 특성이 때로는 주변 사람들을 지치고 힘들게 하기는 하지만, 사실 뒤집어 보면, 그것이 아이의 남다른 장점이 될 수도 있다.

장애아를 키우는 많은 부모들의 큰 관심사이자 걱정 중 하나는, 앞으로 아이가 성인이 되어서 제대로 된 사회생활을 할 수 있을까, 다시 말해 독립할 수 있을까, 직장을 갖거나 가정을 꾸리는 데까지 나아갈 수 있을까, 하는 것이다.

《아름다운 벤-자폐를 가진 내 아들》이라는 책에서, 벤은 심한 자폐를 가진 입양아였다. 하지만 부모의 큰 사랑과 헌신을 통해 아이는 무사히 학교를 졸업했다. 이후 목공 일에 특별한 관심과 소질을 보였다. 물론 벤의 부모와 누나들, 그리고 친구들이 그 일의 어떤 부분들은 도와주고 지켜봐야 했지만, 벤은 친구와 함께 집을 구해 독립했고, 자신이 만든 가구들을 전시하고 판매하는 데까지 발전할 수 있었다. 벤 스스로 즐거움과 보람을 느낄 수 있는 일, 나아가 다른 사람을 돕고 사회에 기여하는 일이기도 했다. 우리가 바라고 꿈꾸는 바로 그 모습이었다.

벤의 이야기를 읽으면서, 나와 남편은 겸이에게도 어른이 되었을 때 직업을 가질 수 있을 만한 기술을 가르쳐야겠다는 생각을 했다. 솔직하게 인정할 건 인정해야 한다. 지적장애를 가진 우리 아이가 자라서 증권사에 취직하거나 우주 과학자가 될 수는 없을 것이다. 그리고 그렇게 일반 사회에서 남들이 부러워하는 번듯한 직업을 가지고 큰돈을 벌어야만, 성공하는 삶이라고도 생각하지 않는다. 무엇이 되었든, 아이가 할 수 있는 일이 분명 있을 것이다. 아이가 좋아하고 잘할 수 있는 일을 천천히 함께 찾아보고 능력을 계발시킬 수 있는 기회를 갖도록 해주는 것, 그게 부모인 남편과 내가 해야 할 몫인 것 같다.

실제로 한국 사회에서 장애인들이 장벽 없이, 편견 없이 원하는 직업을 갖고 사회에서 어울려 살아간다는 것이 아직은 요원한 일임을 알고 있다. 많은 이들의 노력과 사회적 합의를 통해 제도적 뒷받침들이 하나둘 생겨나고 있는 것에 희망을 가져 볼 뿐이다. 그리고 주어진 현실 속에서 우리는 아이의 미래를 조심스레 준비해 갈 생각이다. 경험과 배움의 기회를 마련해 주고, 적성과 특기를 눈여겨봐 주고, 가능한 진로의 길을 차근차근 찾아볼 것이다.

이 넓은 지구촌에서 내 아이가 할 일 하나쯤은 있겠지! 아니, 일을 못하면 또 어떠랴! 사람은 노동 능력이 아닌, 존재 자체만으로도 누구나 존중받고 소중히 여김 받아야 할 대상이다. '무슨 일을 할 것인가?'보다는 '어떤 사람으로 살 것인가?'가 더 중요한 질문이라 생각한다.

211

분수야,
사랑해

크리직 분수

겸이의 '분수 사랑'에 전환점이 생겼다. 체코 프라하의 유명한 카를교를 건너는 도중이었다. 급하게 화장실을 가느라고 한 상점가에 들렀는데, 그곳에서 겸이의 시선이 어딘가에 고정됐다. 어두운 밤, 웅장한 건물 앞에서 물을 뿜고 있는 분수 사진이었다. 우리는 가는 관광지마다 기념으로 냉장고에 붙이는 자석을 하나씩 사고 있었는데, 가끔은 아이들에게 맘에 드는 엽서를 한 장씩 고를 수 있도록 해주곤 했다. 여기서도 아이들에게 원하는 엽서를 하나 고르라고 했더니, 아니나 다를까 겸이는 그 분수 엽서를 골랐다.

사진 한 귀퉁이에 아주 작은 글씨로 'Krizic'이라고 쓰여 있었다. 여행 책자를 뒤져 봤지만 그런 곳은 나오지

212

않았다. 혹시나 하는 마음에 우리가 묵고 있던 숙소 직원에게 엽서를 보여 주며 물었다. "이곳이 프라하에 있는 장소인가요?" 직원은 고개를 갸우뚱하더니 다른 직원을 불렀다. 두 번째 직원이 자기가 안다면서 인터넷 사이트 주소를 찾아봐 주었다. 두근거리는 마음으로 홈페이지에 들어가 봤다. 아자! 엽서에 나오는 그 멋진 분수 쇼가 그리 멀지 않은 곳에서 매일 밤마다 펼쳐진다는 사실을 알 수 있었다.

기억이 정확하진 않지만 아마도 밤 8시쯤 시작하는 공연이었던 것 같다. 어두운 밤, 처음 가보는 프라하 골목 골목을 누벼 도착한 큰 공원 안에 분수 쇼를 하는 야외 공연장이 있었다. 아쉽게도 둘째 아이는 공연 내내 유모차에 누워 잠을 잤다. 하지만 겸이는 달랐다. 겸이에게 그 30분의 공연 시간은 그야말로 황홀한 신세계였다. 오페라 아리아, 영화음악, 대중가요 등에 맞춰 색색의 조명이 쏟아지고, 음악에 맞춰서 춤을 추듯 물줄기를 뿜어내는 꽤 멋진 분수였다. 신기했던 건, 가끔은 물줄기들이 일제히 직선으로 하늘로 솟구쳤는데, 그러면 그 물줄기들이 판판한 화면 역할을 하고, 그 위에 가수들의 공연 영상이 비춰지는 것이었다. 30분만으로 끝나기에는 아쉬울 정도로 나도, 아이도 푹 빠져서 본 분수 공연이었다.

"엄마, 엄마! 분수! 분수! 분수 나와요!"

"아빠, 아빠! 분수 또 나와요!"

흥분한 아이는 뚫어져라 집중하며 분수를 쳐다보고, 앉았다 일어났다를 반복하며 좋아했다. 겸이는 공연을 다 보고 나오면서도 또 분수를 보러 가자고 했다. 정말이지 다행이었던 건, 남편이 그 분수를 동영상으로 찍었다는 것! 숙소에 돌아오자마자 동영상을 틀어 주니, 또다시 푹 빠져서 쳐다보는 아이. 그날, 아이는 아주 늦은 밤이 돼서야 잠이 들었다.

겸이는 그 크리직 분수 사진이 담긴 엽서를 그날부터 내내, 한국에 돌아와서까지 매일매일 챙겨 들고 다녔다. 어디를 가든지, 그 엽서를 손에 들고 다녔고, 혹시나 제 눈에서 안 보이면 큰일 난 것처럼 찾으러 다녔다. 나중엔 엽서가 닳고 닳아서 투명 테이프를 붙이고 붙여도 찢어지고 해어졌다. 그래도 여전히 그 엽서는 겸이의 보물 1호였다. 지금도 그 엽서는 우리 집에 소중히 보관되고 있다.

크리직 분수를 만난 그날 이후로 겸이의 무한반복 반향언어는 이렇게 바뀌었다.

"깜깜할 때 보는 거. 빨강, 파랑, 초록 불 나오고 노래 나오는 거. 그 분수 보러 갈까?"

겸이의 분수 사랑은 여전히 진행형이다. 여행에서 돌

아온 때가 다행히 7월 여름이었기 때문에 우리는 우리가 살던 곳 주변 도시 곳곳의 분수들을 여건이 되는 대로 찾아다녔다. 체코 프라하의 크리직보다야 좀 못하지만, 그래도 차로 30분쯤 가면 있는 이웃 도시의 공원에 빨강, 파랑, 초록의 조명이 켜지고, 음악도 빵빵 울려 퍼지는 음악분수가 있다. 매년 여름이 되면 일주일에 한두 번씩 그 음악분수를 보러 간다. 분수를 볼 때 아이 눈에는 생기가 넘친다. 마치 사랑하는 연인을 바라보는 것처럼. 분수와 함께 있을 때, 아이는 참 행복하다.

↑
우연히 산 엽서 사진을 보고 찾아가게 된 크리직 분수.
알고 보니 백 년의 전통을 가진 분수 쇼였다.
낮에도 몇 차례 공연이 있지만,
밤의 조명과 함께 보는 분수 쇼를 추천하고 싶다.

다시, 독일

생명의 경이
앞에서

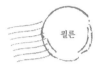

쾰른 동물원

'쾰른' 하면 떠오르는 건? 해외여행에 관심 좀 있다 하는 분들이라면, '쾰른 대성당'이라고 하시겠지만, 나는 '쾰른 동물원'이라고 답하겠다. 유럽 여행 중 몇 번의 동물원 견학이 있었는데, 규모나 시설 면에서 가장 훌륭했던 건 영국 에든버러 동물원이었고, 가장 친환경적이라고 느낀 곳은 바로 쾰른 동물원이었다.

유명한 클라우디우스 떼르메(온천) 옆쪽에서 케이블카를 타고 라인 강을 건너면 바로 동물원에 도착한다. '동물원이 다 똑같지, 뭐 별 거 있겠어?'라는 생각으로 들어갔던 나는 이곳에서 새로운 동물원의 모습을 보았다. 아, 동물원을 이렇게도 만들 수 있구나! 내가 이제껏 보았던 한국의 동물원과는 많이 달랐다. 철창이나 유리 막으로

막힌 좁은 공간에 동물들이 무기력한 모습으로 갇혀 있는
곳이 아니었다. 물론 이곳도 야생동물들을 가두어 두었다
는 점에서는 똑같다. 하지만 분명 다른 점이 있었다. 우선
이곳은 동물원이기도 했지만, 한편으로는 식물원이기도
했다. 곳곳에 나무와 꽃을 많이 심어 놓아서 어딜 가든 아
름답다는 느낌이 들었다. 동물들이 사는 공간 안에도 멋
진 나무와 잡목들, 꽃과 덤불들이 많았다. 삭막한 느낌이
훨씬 덜하고 자연스러워 보였다. 사람들 입장에서의 편리
성보다는, 그곳에 사는 동물들이 편안하게 느낄 수 있도
록 많이 고민하고 만든 곳이라는 생각이 들었다.

　　마침 원숭이들에게 먹이를 주는 피딩 쇼 시간이 다가
왔다. 쾰른 동물원에서 제일 볼 만한 구경거리로 유명하
다는 원숭이 피딩 쇼. 얼핏 봐도 백 마리 가까이 될 것 같
은 많은 원숭이들이 연못 한가운데 떠 있는 인공섬 안에
앉아 있거나 이리저리 넘어 다니며 놀고 있었다. 사육사
한 분이 나와서 원숭이들에게 먹이를 주기 시작했다. 보
기만 해도 군침이 도는 싱싱한 과일과 채소를 주었는데,
뜻밖이었던 건 먹이를 한꺼번에 쏟아 놓지 않고, 사육사
가 직접 원숭이들에게 골고루 한 개씩 나누어 준다는 점
이었다. 가까이 다가온 원숭이에게는 직접 손으로 건네
고, 멀리 떨어진 원숭이들에게는 눈을 맞추며 과일을 던

져 주었다. 눈 맞추고 과일 던지고, 눈 맞추고 과일 던지고. 그 모습이 무척 친절하게 느껴져서 감동적이기까지 했다. 너네끼리 알아서 나눠 먹어라, 이런 식으로 놓고 가는 것이 아니라, 여기 있는 원숭이들 그 누구도 소외되거나 속상해하지 않도록 신경 쓰는 모습이었다. 원숭이들도 이런 방식에 익숙한지, 먹이 하나를 받은 다음에는 더는 욕심을 내지 않았다. 다른 원숭이의 것을 빼앗지도 않았다. 그래서 시간이 좀 오래 걸리긴 했지만, 거기 있는 모든 원숭이들이 과일을 하나씩 들고 행복한 입을 오물거리는 걸 볼 수 있었다.

'이게 뭐지? 이 따뜻한 느낌은?'

멋지다는 생각, 또 참 부럽다는 생각이 들었다. 사육사의 친절하고 배려 깊은 손길, 그리고 공평한 나눔의 방식이 계속되었을 때, 원숭이 무리에 나타나는 만족감과 평화로움. 비단 원숭이 사회에만 적용되는 것일까? 사람들의 사회에서는 이보다 훨씬 더 높은 수준을 기대해야 되는 게 아닐까? 짧은 순간이었지만 여러 가지 생각들이 오가는 시간이었다.

한참 후, 영국 에든버러 동물원에 갔을 때도 비슷한 감흥을 받았다. 시간마다 동물 피딩 쇼가 있는 줄 알았는데, 가서 보니 설명 시간이었다. 사육사들이 동물에 관해

↑
으쌰으쌰 뒤뚱뒤뚱 두 날개를 뒤로 젖히고 열심히 그날의 구보 중이신 펭귄님들. 보도블록 사이사이 펭귄들의 발자국도 찍어 놓은 에든버러 동물원.

↓
한바탕 수영을 마치고 온 펭귄들의 쉼터.

설명해 주고 질문을 받았다. 역시 학구적인 나라라는 생각이 듦과 동시에 동물을 쇼의 대상으로 여기지 않는다는 느낌이 들었다. 그래도 에든버러 동물원에서 유명한 '펭귄 쇼'는 볼 수 있었는데, 그것이 또 참 신기했다. 펭귄 쇼는 다름 아니라, 사육사들이 펭귄 다섯 마리를 동서남북 사방에 서서 호위하며 정해진 길을 한 바퀴 돌아오는 것이었다. 펭귄들이 지나갈 수 있도록 길 양옆으로 비켜선 사람들은 펭귄들이 놀라지 않도록 목소리를 죽이고, 귀엽게 뒤뚱거리는 펭귄들을 바라보며 미소를 지었다. 물론 야생과는 비교할 수 없겠지만, 그래도 이렇게 동물을 사랑하고 소중히 여기는 곳이라면, 비교적 괜찮은 동물원이 아닐까, 이런 생각이 들었다.

쾰른 동물원에서 신기한 장면 하나를 보았다. 갓 부화한 아기 새였다. 네모난 작은 유리 상자 안에 깨진 알껍데기와, 방금 그 알에서 나온 아기 새 한 마리가 있었다. 인공 부화기로 부화시킨 새알이었다. 마침 내가 그 장면을 바라보는 순간, 아기 새가 천천히 떨리는 두 다리를 딛고 막 일어서려 하고 있었다. 촉촉한 물기에 젖어 찰싹 달라붙어 있는 깃털에 싸인 분홍빛 작은 생명. 이삼 분 정도의 시간이 걸렸을까? 아기 새가 연약해 보이는 두 다리로 일어서는 그 첫 순간. 난 자그맣게 탄성을 뱉었다.

"겸아, 민아, 이것 좀 봐봐. 아기 새가 알에서 나와서 일어서고 있어. 정말 신기하지?"

아이들이 나와 함께 유리 상자 안을 들여다보았다. 아이들도 알까? 자기들에게도 이렇게 처음 세상 밖으로 나온 탄생의 순간이 있었다는 걸. 그 순간, 아빠와 엄마는 말로 다 못할 감격을 느꼈다는 걸. 지금은 연약한 두 다리로 겨우 일어서기 시작한 저 아기 새도 얼마 후엔 두 날개를 활짝 펴고 높은 하늘을 힘차게 날게 될 것이다. 이제 겨우 세상을 알아가기 시작한 우리 아이들도 언젠가는 튼튼한 두 다리, 성실한 두 팔로 이 땅에서 제 할 일을 감당해 나가겠지. 이러한 '믿음'과 '소망'이 있어 참 감사하다. 그리고 우리에게 '사랑'이 있어 더더욱 감사하다.

일곱 번째 소풍

네덜란드

책 읽는
아이를 꿈꾸며

어린이 도서관

네덜란드 암스테르담에서 묵으려고 예약했던 숙소는 우리가 인터넷 사진으로 보았던 곳과 완전 딴판이었다. 이곳에서는 렌탈 시스템이라는 특이한 방식으로 숙소를 임대했는데, 그걸 잘 이해하지 못한 탓이었다. 중계 사무소에서 안내해 준 곳으로 가보니, 이런! 여섯 평쯤 되는 작은 원룸이었다. 침대 하나, 식탁 하나, 간이 부엌과 샤워 부스. 네 식구 겨우 비비고 지낼 만한 공간이었다. 더군다나 승강기도 없었다. 3층까지 올라가는 길은 한 사람이 겨우 지나갈 만한 가파른 계단이라서, 아이들이 다니기에 다소 위험할 정도였다.

또 다른 문제는 숙소 앞에 주차도 할 수 없다는 점이었다. 당장 필요한 짐들만 숙소 앞 길가에 내려놓고, 남편은 직원이 알려 준 P+R(Park and Ride의 약자로 주차비가 싼 곳에 주차를 하고 대중교통으로 간다는 뜻) 주차장을 찾아 떠났다. 거리에 짐을 둔 채 아이들만 데리고 숙소에 올라가기도 그렇고, 그렇다고 아이들에게서 눈을 뗀 채 3층까지 짐을 올리기도 어렵고. 남편이 돌아오기까지 한 40여 분간 문 밖에서 짐을 지키며 기다려야 했다.

한참 만에야 돌아온 남편도 자기가 고생한 이야기를 들려 주었다. 복잡하게 얽힌 시내를 지나 겨우 주차장에 차를 대긴 대었는데, 이 숙소로 돌아올 방법을 알 수가 없었다는 거였다. 주차장 직원에게 도움을 청하러 갔더니, 처음엔 무척 무뚝뚝한 태도로 대했다고 한다. 그런데 "어디서 왔느냐?"라는 질문에, "한국에서 왔다"라고 대답하는 순간, 직원이 "오! 위송빠레!"라고 감탄사를 날리더니, 갑자기 어투가 달라지더라는 것. '위송빠레'를 무척 좋아한다는 그 직원은 트램 타는 법을 엄청 친절하게 안내해 주었다고 했다.

"위송빠레가 뭔데?"

"몰라? '박지성'이잖아."

알고 보니, '위송빠레'는 히딩크 감독을 따라 2002~2005년에 아인트호벤 구단에서 뛰었던 박지성 선수의 네덜란드어 발음이었다. "잘 키운 선수 하나, 열 대사관 안

229

부럽다"라는 속담 하나 만들고 싶다. 이 자리를 빌려, 남편을 무사히 가족의 품으로 돌아올 수 있게 해준 박지성 선수에게 큰 감사를 표한다!

암스테르담은 그야말로 운하와 자전거의 도시다. 도시 전체를 관통하며 그물처럼 얽혀 있는 크고 작은 운하들은 참 낯선 광경이었다. 대도시인데도 관광지 같은 풍경이 참 묘하다. 집값이 비싸서 보트에 살고 있는 사람들도 많다더니, 정말 곳곳마다 떠 있는 '하우스보트'가 눈길을 끌었다. 그런가 하면, 길마다 쉭쉭 지나가는 자전거들은 어찌나 많은지. 인도인 줄 알고 실수로 자전거 도로를 몇 발자국 걷다가, 날카로운 소리로 울려 대는 자전거 경적 소리와 동시에 "비켜!"라고 소리치는 거친 호통까지 들어야 했다.

그래도 암스테르담에 왔으니 운하를 도는 배도 한번쯤 타주어야지. 아이들을 데리고 '운하 버스'를 타러 갔다. 배를 타고 도착한 중앙역 옆쪽을 걷다가 커다란 건물에 'Bibliotheek'라고 쓰인 간판을 보았다. 도서관이었다. 남의 나라 도서관에 아이들과 뭐 볼 게 있을까 싶어 지나치려 하는데, 혼자 먼저 들어갔던 남편이 어서 따라오라며 크게 손짓을 했다. 들어가 보니 1층 전체가 어린이 도서관이었다. 알록달록 인형들이 책장 곳곳에 놓여 있고,

동화 작가가 만든 작품들도 전시되어 있었다. 아이들이 누워도 되는 푹신한 소파들과 신발을 벗고 들어가 놀 수 있는 인디언텐트까지. 겸이와 민이도 이곳저곳을 구경하고, 그림책도 들춰 보면서 즐거운 한때를 보낼 수 있었다.

우리나라에도 요즘엔 어린이 도서관을 잘 꾸며 놓은 곳이 많다. 아이들에게 엄마가 직접 책을 읽어 줄 수 있도록 따로 방을 구분해 놓은 곳도 있고, 수유실과 어린이 전용 화장실까지 갖춰져 있어서 편리하게 이용할 수 있다. 도서관에서 운영하는 문화강좌 프로그램들도 찾아보면 무척 많다. 경쟁률이 높아서 금세 자리가 마감되고는 하지만 말이다. 어쨌든 아이들이 도서관을 가까이하고, 책을 통해 즐거움을 얻는 경험들이 더 많아졌으면 좋겠다. 도서관도 더 많이 생겼으면 좋겠고 말이다.

한국 성인의 독서량이 OECD 국가들 중에서 꼴찌에 해당한다는 기사를 읽은 적이 있다. 어른들뿐 아니라, 아이들도 학년이 올라갈수록 교과서 외의 책을 읽는 빈도가 점점 줄어든다. 책을 읽긴 읽더라도, 어떤 책을 어떤 목적으로 읽느냐, 하는 것도 중요한 문제이다. 지금 생각해 보면, 나도 고등학생 시절, 틈틈이 시집이나 소설을 읽을 때마다 '내가 지금 이 시간에 문제집 안 풀고 이런 책을 읽고 있어도 되나?', 이런 염려와 불안을 많이 느꼈다. 그래

←
암스테르담 어린이 도서관.
따뜻한 느낌의 조명과 둥근 책장.
여유로운 공간 배치 등이
맘에 들었다.

↑
"코끼리, 코끼리."
네덜란드어는 한 개도 몰라도,
그림책은 볼 수 있다.

서 읽고 싶은 책을 마음껏 읽지 못했고, 공부하다가 마음이 정 답답해질 때, '이건 내가 나에게 주는 선물 같은 거야. 이 한 권만 읽고 다시 공부해야지'라는 말로, 내 안의 불안감 같은 것을 꾹꾹 눌러야 했다.

지금 생각해 보면, 오히려 진로에 대해서 고민이 많고, 한창 감수성이 예민했던 그때, 다양한 분야의 책을 더 많이 읽었더라면, 내 인생이 훨씬 더 풍요로워졌을 거란 생각이 든다. 그때 했던 학교 공부들이 아무 의미가 없었다는 건 아니지만, 어른들은 누구나 공감할 것이다. 그때 죽어라고 외웠던 수학 공식이나 역사 연대표 같은 것이 지금의 내 인생에 그렇게 크게 중요한 것이 아니라는 걸. 그래서 그때 교과서가 아닌 다른 책들도 마음껏 읽을 수 있는 심리적 여유와 배짱 같은 게 좀 더 있었더라면 참 좋았을 텐데, 라는 후회가 남는다. 그랬더라면, 난 그때 좀 더 행복했을 것이고, 내 인생이 지금과는 조금 더 다른 길을 가지 않았을까 생각도 해본다.

저는 독서를 단어를 모으는 행위라고 규정합니다. 아이가 만약 '화', '슬픔', '스트레스' 같은 단어를 모른다면 자기감정에 이름을 붙일 수 없을 테고, 그러면 그 감정을 마음 밖으로 꺼내 잦아들게 하지도 못할 것입니다. 이야기를 읽다 보면 자연스럽게 '나

는 이 주인공이랑 비슷한 것 같아', '나는 완전 반대인데', 이렇게 자기를 비춰 보게 됩니다. 감정의 동요를 일으키는 책을 읽으며 이전까지 몰랐던 감정의 정체를 파악하는 일은 무척 중요합니다.

– 키티 크라우더

아이와 책

책을 읽어 주는 것은 모든 아이에게 좋은 것이지만, 장애를 가진 아이에게도 마찬가지다. 짐 트렐리즈의 저서 《하루 15분 책 읽어주기의 힘》에서 《쿠슐라와 그림책 이야기》란 책의 소개를 읽게 되었다. 쿠슐라 요먼의 부모는 쿠슐라에게 생후 4개월 때부터 책을 읽어 주었는데, 9개월째에는 책을 구별하고 좋아하는 책을 선택하였고, 여섯 살 때는 혼자 글을 터득하게 되었다고 한다. 그런데 쿠슐라는 태어날 때부터 염색체 손상으로 비장과 신장, 구강에 심한 장애를 안고 있었다. 그래서 수시로 근육 경련을 일으켜 밤에도 두 시간 이상 자지 못했고, 네 살이 될 때까지 물건도 잡지 못했다. 시력도 좋지 않아 손가락 끝의 사물도 분간하기 어려울 정도였다. 쿠슐라가 네 살이 되었을 때, 의사는 아이를 '정신지체 및 신체장애'로 판정했고, 전문 기관에 위탁할 것을 권고했다. 그러나 쿠슐라의 부모는 그 권고를 거부했다. 쿠슐라가 아기 때부터 책에 대해 보인 반응을 믿었기 때문이다. 쿠슐라를 위한 요먼 부부의 처방은 매일 열네 권의 책을 읽어 주는 것이었다. 마침내 쿠슐라가 여섯 살이 되었을 때, 심리학자들은 아이가 평균 이상의 지능을 갖추었으며 사회에도 충분히 적응할 수 있다고 평가했다고 한다.

모든 아이가 독서라는 단 하나의 방법만으로, 쿠슐라와 같은 효과를 얻을 수 있을지는 모르겠지만 그렇지 않더라도, 아이에게 책을 읽어 주는 것은 분명 상당한 유익이 있고, 바람직한 일이다. 아이가 똑똑해지고, 공부를 잘 하게 돼서가 아니라, 엄마의 목소리를 듣고, 함께 시간을 보내고, 서로의 이야기를 들어가며 대화를 나눌 수 있다는 면에서 말이다. 프랑스의 작가 에르베 튈레는 책 놀이의 의미를 '아이가 책과 논다'가 아니라 '어른과 아이가 책을 매개로 함께 대화한다'라고 설명하며, 부모님이 책을 아이와 대화하기 위해 꺼내 든 악기라고 생각할 것을 권했다.

하루에 수십 권을 읽어 주고, 그러다 보니 아이가 스스로 한글을 깨우쳤고, 나중에는 아이가 영재 판정을 받게 되었다는 어떤 부모의 이야기는 솔직히 나에겐 '넘사벽'이다. 아이들마다 타고난 성향도 있는 법이어서, 가만히 두어도 책에 흥미를 갖는 아이가 있는가 하면, 책 읽어 준다고 불러 앉혀 놓으면, 글자도 못 읽으면서 자기 혼자 보겠다고 옆으로 가버리는 아이도 있다. 전자는 민이고, 후자는 겸이다. 책 읽기가 좋은 것이긴 하지만 그렇다고 아이에게 억지로 강요할 수는 없는 노릇이다. 그래서 지금은 큰 소리로 책을 읽어 주면서 자연스럽게 흥미를 갖게 되기를 기다리는 방법을 쓴다. 민이가 가져온 책을 큰 소리로 재미나게 읽어 주고 있으면, 겸이는 어느 순간 슬쩍 옆으로 다가와 고개를 빼꼼 내밀며 책을 들여다본다. 그러다가 그 책이 얼마나 재미있는지 알게 되면, 나중엔 혼자서도 한 장 한 장 넘겨가며 보게 된다.

책 읽기에 관하여는 '과한 욕심을 부리지는 말되, 게으르지도 말자'라는 목표를 세웠다. 그리고 그렇게 하루하루, 한 권 한 권이 아이의 마음에 쌓여, '자만한 똑똑이'가 아닌 '하나님과 사람들 앞에 지혜롭고 겸손한 아이'로 자라나길 꿈꾸어 본다.

종합선물세트
같은 곳

과학기술박물관

암스테르담 도서관에서 나오니 벌써 오후 3시였다. 도서
관에서 약간 떨어진 중앙역 오른쪽 바닷가에 거대한 선박
처럼 생긴 건물이 있었다. 여행책자에는 없는 곳이었지
만, 초록색 배 모양이 신기해 보여서 'NEMO'라고 쓰여
있는 그곳을 향해 걸었다. 건물 앞에서 네덜란드의 풍차
처럼 빙글빙글 돌아가는 두레박 분수가 우리 아이들을 반
겼다. 그곳은 바로 네덜란드에서 가장 큰 '암스테르담 과
학기술박물관'이었다.

　박물관 입구에 쓰여 있는 문구 "Please Do Touch(마음
껏 만져 보세요)"는 그곳이 어떤 곳인지를 짐작하게 해준다.
박물관은 옥상을 포함한 5층 건물이었는데, 어린이들이
실생활 속의 과학 원리들을 여러 가지 체험을 통해 배울 수 있도록 만들어진 곳이었다. 와우!!! 그땐 몰랐지만, 나중에 찾아보니, 1997년에 설립된 그곳은 '네모', 혹은 '니모'라고 불렸다. 쥘 베른의 소설 《해저 2만리》에 나오는 네모 선장의 이름에서 착안했다고 한다. 초록색 배를 본뜬 신기한 건물을 설계한 사람은 그 유명한 랜초 피아노(Renzo Piano)인데, 그는 파리의 퐁피두센터를 설계했던 이탈리아 출신 건축가이다. 이런 곳에 우연히 들어온 행운이라니, 복 받았다, 복 받았어!

마침 1층에서 작은 공연이 열리고 있었는데, 과학실험 쇼 같은 것이었다. 여러 가지 물건들을 도미노처럼 연결해서 차례로 움직이게 하는 실험을 하고 있었고, 구경하는 아이들 중 한 아이를 불러서 질문도 하고, 직접 실험에 참여하게도 해주었다. 우리 아이들도 데굴데굴 굴러가던 공들이 뚝 떨어지기도 하고, 그 반작용으로 다른 물건이 쑥 솟구치는 광경을 보며 굉장히 즐거워했다. 그밖에도 아이들이 만지고 체험할 수 있는 과학놀이가 곳곳에 있었다. 물놀이, 비눗방울 놀이, 공놀이 등을 하면서, 그 안에 숨겨진 과학적 원리를 자연스럽게 배울 수 있었다.

우리 아이들이 제일 오랫동안 꼼짝하지 않고 집중했던 곳은 2층에 있는 '기계공원(Machine Park)'이었다. 빨강, 노랑, 파랑색 공들이 아주 복잡하게 설치된 구조물들을

암스테르담 중앙역에서 가까운 곳에 위치하며
초록색 배 모양을 하고 있어 눈에 띄는 NEMO.

계속 굴러다니는데, 그냥 집어넣으면 굴러가는 단순한 기계가 아니었다. 작은 화면에 공들의 무게, 색깔, 크기에 대한 지시가 나오면, 아이들은 그 옆에 놓인 저울에 공을 올려 무게를 재고, 지시에 따라 색깔과 크기까지 잘 맞춰서 구멍에 공을 넣어야 한다. 일종의 게임 같아서 큰 아이들은 아주 열중해서 문제를 풀고 있었는데, 우리 아들들에게는 아직 어려운 일이었다. 그래도 그저 공을 집어넣고, 공들이 굴러가는 것을 보는 것만으로도 그렇게 즐거울 수가 없었다.

남편과 내가 놀라움을 금치 못했던 곳은 4층 전시실이었다. 사람의 인체에 관한 여러 전시물과 체험물이 있었는데, 뜻밖에도 성교육을 하는 공간이 크게 따로 있었다. 어린이를 대상으로 한 박물관에 성교육 전시장이라니, 게다가 그 수위가 예상보다 훨씬 높았다. 짧은 동영상도 상영했는데, 혼자 보고 나온 남편이 놀라서 혀를 내두를 정도였다. 마약과 동성애, 매춘이 허용되는 나라라고 하더니, 그 말이 틀리지 않다는 걸 실감할 수 있었다.

그런가 하면, 4층 한구석에는 반가운 물건이 있었다. 바로 1990년대 후반에서 2000년대 초반까지 우리나라에서 대유행했던 DDR 기계가 떡 하니 있는 것이었다. 흥겨운 댄스음악과 함께 모니터의 표시대로 전후좌우 방향의

241

↑
"마음껏 만져 보세요!"라는
박물관의 권고 사항을
충실히 따르고 있는 민이.

↓
우리 아이들이 가장 오래 머물렀던
'기계공원'. 여러 가지 색깔의 공들이
굴러가고 떨어지는 모습을 통해,
물리학적 원리와 수학 개념 등을
배울 수 있다.

센서판을 밟을 때마다, 'Perfect', 'Great', 'Good', 'Miss', 이런 글자들이 팍팍 떠올랐던 그 추억의 게임기가 이 먼 나라 네덜란드까지 공수되었을 줄이야! 한국에서 온 그 DDR은 반가운 한국노래들을 신나게 들려주었다. 예나 지금이나 몸치인 나도 간만에 몸 좀 풀었다.

하도 재미있게 노느라 시간 가는 줄 몰랐다. 5시 반쯤 박물관을 나섰는데, 눈앞에서 운하버스 막차를 놓치고 말았다. 덕분에 집에 가는 길이 좀 복잡해지긴 했지만, 그래도 도서관과 박물관에서 보낸 하루의 시간들이 무척이나 만족스럽고 행복했다. 1층에서 4층까지, 워낙 다양한 종류의 전시물들이 있었기에, 마치 종합선물세트를 받은 기분이었다. 아이들의 호기심 어린 또랑또랑한 눈동자를 보며, 앎에 대한 열정이 얼마나 사람을 생기 있고 신나게 하는지 알 수 있었다. 무엇인가를 배울 때마다, 항상 이렇게 즐겁고 재미있게 배울 수 있다면 참 좋을 텐데, 이런 벅찬 느낌을 자주 느껴 볼 수 있으면 좋을 텐데, 하는 생각이 들었다.

여덟 번째 소풍

다시, 프랑스

다시 마음을
동이다

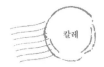

해변

4월 1일에 시작했던 여행이, 5월 15일 벨기에 여행을 끝으로 전반부의 막을 내렸다. 5월 16일. 우리는 영국으로 가는 배를 타기 위해 프랑스 칼레로 향했다. 여행의 후반부를 열기 직전의 시간, 마치 공연 중간에 있는 인터미션 같았다. 대륙과는 또 다른 느낌의 나라 영국이 우리 앞에 있었다. 그뿐 아니라, 이제는 이곳저곳 옮겨 다니며 관광지를 구경 다니는 여행이 아니라, 한곳에 오랫동안 머물며 지내야 하는 시간이 기다리고 있다. 기대와 함께 약간의 떨림 비슷한 것이 공존하는 시간이었다.

프랑스와 영국 사이에 있는 도버 해협을 눈앞에 두고 하룻밤 묵어갈 예정이었다. 점심 즈음, 칼레에 도착한 우리는 호텔에 짐을 풀고, 거리 산책에 나섰다. 10분쯤 걸으니 바로 눈앞에 망망대해가 나타났다. 그런데 마침 무슨 행사가 열리고 있는지, 해변에 사람들이 많이 모여 있었다. 보아하니, 이곳 초등학교 마라톤 대회쯤 되는 것 같았다. 백여 명가량의 아이들이 가슴에 큼지막한 번호판을 붙인 노란색 티셔츠를 맞춰 입고 선생님을 따라 몸 풀기 체조를 했다. 얼마 후 출발을 알리는 총소리와 함께 아이들이 우르르 해안 도로를 따라 달리기 시작했다. 마을 주민들과 부모들은 도로 옆에 늘어서서 아이들을 응원했다.

파란 오월 바다를 풍경으로 펼쳐지는 아이들의 마라톤 경기. 노란 옷을 입고 가벼운 발걸음으로 뛰어가는 아이들이 병아리들 같기도 하고, 개나리 꽃잎들 같기도 했다. 꼭 어떤 상을 바라거나, 완주를 해야만 한다는 목표로 달린다는 느낌보다는, 달리는 아이들이나 응원하는 사람들의 표정 속에 여유로움과 즐거움이 넘쳤다. 마치 동화 속 한 장면 같았다. 우리도 응원하는 사람들 곁에 서서, 손을 흔들어 주고 환호를 보내 주었다. 겸이, 민이도, 이 활기차고 흥미진진한 달리기 시합 구경에 덩달아 흥분지수를 높이며 함께 소리를 질렀다.

칼레의 모래사장은 정말 넓었다. 모래가 아주 고와서 발이 푹푹 빠지는 통에, 신발을 벗어 놓고 해변을 걸었다. 아이들은 오랜만에 찾아온 바닷가 모래놀이에 푹 빠졌다.

↑

칼레의 모래사장과 맞닿아 있는 바다와 하늘.
물기 머금은 수채화처럼 잔잔한 풍경에 아이들이 녹아들었다.

아직 물이 차가웠지만, 잠시 발을 담그고 발등을 간질이는 파도도 느껴 보고, 모래사장에 누워 쉬기도 했다. 오로지 있는 것이라곤 이 작은 모래 알갱이들뿐인데, 그것만으로도 아이들은 그저 웃음이 나고 행복감이 충만하다.

호텔 방 침대에 앉아 밖에서 사온 닭튀김으로 저녁을 먹고 있었다. 그런데 남편이 갑자기 "민아!"라고 소리치며 창가로 뛰어갔다. 환기를 위해 열어 두었던 창문 밖에 폭 30센티미터쯤 되는 난간이 있었는데, 민이가 언제부터인지도 모르게 그곳에 올라가 창문 밖 난간에 앉아 있었던 것이다. 우리 숙소는 4층이었다. 조금이라도 늦게 발견했다면, 아차 하는 순간, 정말 끔찍한 일이 일어났을 수도 있던 상황이었다. 남편이 손을 뻗어 아이를 안으로 잡아당기는 걸 보고, 어찌나 심장이 쿵쾅거리던지. 휴우, 하나님, 감사합니다.

그런데 거기서 끝이 아니었다. 그렇게 놀란 가슴을 쓸어내리고 다음날을 맞았는데, 기가 막힌 일이 하나 더 일어났다. 어제 숙소에 도착한 후, 바로 앞 광장에 차를 세워 두었는데, 아침에 일어나 나가 보니 우리 차가 온데간데없이 사라져 버린 거였다. 알고 보니, 그날이 마침 광장에서 시장이 열리는 날이라서, 아침까지 주차된 차들은 견인차들이 몽땅 끌고 간 것이었다. 불어에 까막눈인 우리가 주차장 안내판을 읽지 못했기에 일어난 일이었다.

우리가 예약한 페리의 탑승 시간은 오후 1시 30분. 차가 견인된 걸 확인한 게 오전 10시쯤이었으니, 차를 도로 찾아오려면 급히 서둘러야 했다. 더 큰 문제는 그날이 휴일인 토요일이라는 것. 잘못 하다간 일이 크게 꼬일 수 있는 상황이었다.

친절한 호텔 직원의 도움을 받아 남편은 우선 경찰서로 떠났다. 그리고 차가 견인된 장소를 물어 찾아갔는데, 토요일이라서 문이 닫혀 있었다. 견인 담당자에게 전화를 걸어 사정 얘기를 하고, 그 사람이 올 때까지 기다리고, 벌금을 내고, 무사히 차를 찾아오기까지, 남편은 비지땀을 흘리며 동분서주해야 했다.

그 사이, 나는 호텔방에서 짐을 다 싸서 로비로 내려와 대기했다. 전화도 되지 않는 상황에서, 혹시나 시간 안에 남편이 돌아오지 않으면 어쩌나, 혹시 무슨 안 좋은 일이 더 생기진 않았을까, 노심초사했다. 12시 30분에 드디어 차를 찾아 돌아온 남편은 그 사이에 십 년은 더 늙은 것 같은 얼굴이었다. 시간이 없었다. 배가 출발하기 30분 전에는 탑승 수속을 마쳐야 한다. 우리는 급히 차를 몰았다. 조마조마한 마음으로 시계를 봐 가며 탑승장으로 달렸다. 휴우, 아슬아슬 겨우 배에 올랐다.

유럽 여행을 45일쯤 하고 나니 긴장이 풀려 있던 걸까? 물론 여행 중에 이런저런 작은 사건들이 일어나긴 하지만, 그래도 유럽 본토 여행을 마치고 영국으로 떠나는 이 시점에서 이렇게 심장을 쪼그라들게 하는 일들이 일어날 줄이야! 민이 일도 그렇고, 견인 사건도 그렇고, 조금은 느슨해져 있는 우리에게 "아직 긴장을 늦추면 안 돼!"라고 누군가 땡땡땡 경종을 울려 주는 것 같았다. 아직 이 여행의 끝까지 가려면 시간이 많이 남았다고, 여기서 벌써 해이해져 버리면 안 된다고, 가야 할 길이 남았으니 마음 단단히 챙기라고, 그렇게 사인을 주시는 것 같았다.

프랑스 칼레에서 영국 도버로 향하는 커다란 배 안에서, 우리는 다시 각자의 마음을 동이고 새로운 모험을 준비했다.

아홉 번째 소풍

끝으로, 영국

라브리를
소개합니다

라브리

지금부턴 영국이다.

"침착해. 침착해. 이제부터는 오른쪽 말고 왼쪽으로 달리는 거야."

바짝 긴장한 채, 페리에서 내렸다. 그러고는 지금까지와는 반대로 바뀐 차선을 따라, 조심조심 달렸다. 이 차 저 차의 꼬리를 바꿔 따라가며 한눈팔지 않고 곧장 목적지로 향했다. 두 시간 정도를 달려 도착한 곳은 런던 서남쪽에 위치한 작은 마을 그레이트햄(Greatham). 내비게이션이 알려 준 목적지 앞에 'Manor House(마노아 하우스)'라고 적힌 심플한 문패가 보였다. 그 순간, 드디어 도착했다는 안도감과 함께, 앞으로 일어날 일들에 대한 기대, 설렘, 걱정, 초조함 같은 감정들이 교차했다.

마침 십여 명의 사람들이 집 밖에 테이블을 옮겨 놓고
둘러서서 차를 마시고 있었다. 다양한 얼굴색의 사람들이
웃는 얼굴로 첫인사를 건넸고, 그중에서도 피터(Peter)와 던
(Dawn)이라고 자신을 소개한 젊은 부부가 특별히 우리를
반겨 주었다. 짧은 티타임 후, 우리가 앞으로 5주 동안 머
물 방으로 안내를 받았다. 우리 숙소는 저택 꼭대기인 3층
에 있었는데, 침대와 소파, 서랍장 등 간소한 가구가 놓인
큼지막한 원룸에 욕실과 주방이 별개로 있는 독립된 공간
이었다. 혼자서 이곳을 찾는 대부분의 사람들이 공동 기
숙사를 사용하는 것과 달리, 가족끼리만 생활할 수 있는
공간을 따로 배려받은 것은 참 감사한 일이었다.

우리가 찾아간 이곳의 이름은 '라브리'이다. 간단히
소개하자면, 라브리는 독일계 미국인으로 태어난 프란시
스 쉐퍼 박사라는 분이 1955년에 스위스 알프스의 산기슭
위에모(Huemoz)란 동네에서 시작한 국제적인 기독교 공동
체 및 연구소이다. 현재 스위스, 스웨덴, 네덜란드, 영국,
미국, 캐나다, 호주 등 전 세계에 열한 군데의 합숙 연구
소 및 자료 센터가 운영되고 있는데, 한국에도 강원도 양
양에 라브리 공동체가 운영 중이다.

대학 시절, 같은 기독 동아리에서 활동하면서 함께
프란시스 쉐퍼 박사의 책을 읽었던 우리 부부는, 지인들

로부터 실제 라브리에 다녀온 이야기들을 들은 바 있었고, 언젠가 기회가 된다면 꼭 가보고 싶다는 소망을 품어왔었다. 남편이 유럽 여행을 계획하면서 라브리 이야기를 꺼냈을 때, 기억 저 너머 묻혀 있던 그 세 글자가 또렷하게 다가왔다. 남편은 바로 영국 라브리에 이메일을 보내 아이들이 있는 가족이 그곳에 머물 수 있는지 확인했다. 그렇게 몇 번의 이메일을 주고받은 후, 우리의 라브리 방문이 확정되었고, 무려 5주(처음엔 4주를 예약했는데, 가서 머무는 도중에 1주 더 연장하였다)라는 꽤 긴 시간 동안, 우린 라브리의 식구가 될 수 있었다.

영국 라브리가 있는 마노아 하우스는 1789년에 지어진 건물로, 당시 영주가 살았던 대저택이었다고 한다. 쉐퍼 박사의 딸과 사위인 맥콜리 부부는 그곳을 소유하고 있던 분으로부터 저택을 기증받아 영국 라브리를 세웠다. 큰 저택 외에도 간사들의 주거공간인 작은 집들이 서너 채 있고, 돌로 지은 작은 기도실, 창고, 텃밭과 연못 등이 있다. 제일 좋은 것은 약 4만 평방미터에 달하는 정원이 있다는 것. 곳곳에 자리한 우람한 나무들, 아름답게 피어 있는 꽃들을 볼 수 있으며, 부드러운 잔디밭에서는 맨발로 배구를 하거나 축구를 할 수 있다.

라브리에 오는 모든 사람들은 오전에는 개인 공부를

하고, 오후에는 노동을 한다. 방문자들에게는 일대일로 공부를 도와주는 튜터가 한 명씩 배정되는데, 그 튜터 역할을 하는 간사들과 일주일에 한 번씩 만나서 대화를 나누며, 개인적인 필요와 문제 해결 방법을 상의할 수 있다. 첫 티타임 때 나와 남편에게 다정하게 말을 걸었던 피터와 던이 바로 우리 부부의 튜터였다. 정해진 교과 과정이나 강제조항 같은 것은 전혀 없다. 다만, 많은 책들과 강의 테이프들, 여러 가지 자료들이 도서관에 구비돼 있어서, 그것을 중심으로 공부하면 된다.

　오후엔 세탁일과 정원일, 요리와 청소 같은 가사 일을 분담해서 하는데, 가끔은 하루 날을 잡아서 건물 보수 작업 같은 것을 하기도 했다. 개인적으로 참 좋았던 것은, 원칙적으로는 우리 부부 둘 다 매일 이 오후 노동시간에 동참해야 하는데, 아이들이 어리기 때문에 나는 이 책임에서 제외되었다는 것이다. 덕분에 나는 우리 아이들의 식사 준비 외의 모든 집안일, 즉 빨래, 화장실 청소, 쓰레기 비우기, 요리와 설거지에서 완전히 해방될 수 있었다.

　우리가 라브리에 찾아간 목적은 크게 두 가지였다. 하나는 아이들 양육에 필요한 조언을 얻으며 새로운 계획을 세워야겠다는 소망에서였고, 또 하나는 익히 들은 바 있던 그 아름다운 곳에서의 쉼을 바라서였다. 유럽 여행

라브리에 머무는 동안, 함께
시간과 공간을 나눈 사람들. 독일,
캐나다, 네덜란드, 러시아, 체코,
남아프리카공화국, 브라질 등 다양한
국적의 사람들이 함께 어울렸다.

영국 라브리의 본관 건물. 라브리(L'Abri)
는 불어로 '피난처'라는 뜻으로,
인생의 갈림길에서 부딪치는 온갖
문제의 대답을 찾기 원하는 사람이라면
누구나 잠시 머물러 갈 수 있는 곳이다.

을 통해 아이와 스물네 시간 매일 붙어 있으면서 친밀한 관계를 맺고자 했던 목표를 어느 정도는 이뤄 가고 있었지만, 그것으로 모든 것이 다 해결되는 건 아니었다. 우리 부부에게는 우리에게 맡겨진 이 두 아이, 특별히 겸이를 어떻게 양육해야 할지 머리 맞대 고민하고 앞날을 계획하는 시간이 필요했다. 그 고민을 할 만한 제일 적합한 곳이 바로 라브리가 아닐까, 하는 기대를 했던 것이다.

또 한편, 그곳은 자연이 무척 아름다운 곳이었다. 아이들과 그런 배경 속에서 정해진 일과 없이 마음껏 쉬고 놀고 웃으며 일상을 보내는 경험을 해보고 싶었다. 그곳에 머무는 5주 동안, 우리는 그 큰 저택과 아름다운 정원, 자연의 놀이터를 원 없이 우리의 것으로 삼을 수 있었고, 급할 것 하나 없는 일상 속에서 그야말로 안식을 누렸다. 지금 생각해도, 그런 장소와 시간이 우리에게 주어졌던 것은 정말 큰 축복이었다.

그곳에서의 일상은 사실 반복되는 부분이 많았기 때문에 세세히 적을 필요는 없겠다. 하지만 라브리에서 지냈던 시간은 분명 우리에게 많은 것을 남겼다. 우리가 라브리에 가지 않았더라면, 라브리에서 여러 사람들을 만나지 않았더라면, 라브리에서 남편과 내가 함께 교육에 대한 책들을 읽고 가치관을 공유하지 않았더라면, 지금 우

↑
날씨가 춥지는 않았시만, 그래도 뜨끈한 온돌방이 그리울 땐,
한국에서 들고 온 전기장판을 깔았다. 숙소의 책장은
어느새 아이들의 놀이터로 변해 있었다.

리의 모습은 어떻게 달라졌을까? 지금과 다른 길을 가고 있을까? 아니면 똑같은 과정은 아니었을지라도, 결국은 같은 길을 오게 되었을까? 잘 모르겠다. 하지만 어쨌든 그때 그곳에서 보낸 시간들은 우리 가족에게 참 소중한 추억, 아름답고 그리운 기억으로 남았다. 그리고 그때 보고 누렸던 삶의 방식들이, 100퍼센트 같을 순 없겠지만 우리가 힘닿는 데까지 흉내 내고픈 삶이 된 것 또한 부인할 수 없겠다.

새로운
꿈의 시작

라브리

라브리는 대화와 토론을 중요시하는 공동체이다. 아니 다른 사람들과 제대로 대화 좀 해보려고 작정하고 모인 사람들 때문에 하루 종일 시끌벅적한 곳이라는 표현이 더 맞겠다.

　라브리에 머무는 모든 사람들은 아침마다 공동식사를 하는데, 식사 시간에 맞추어 식당에 내려가면 그날그날 주변에 앉은 사람들과 일상적인 인사부터 시작하게 된다. 점심이나 저녁 식사 때는 라브리 간사들이 각각 자신들의 집에서 직접 식사를 준비하여 조별로 초대를 하는데 이때는 대여섯 명이 함께 식탁에 둘러앉아 누구든 제안한 주제를 가지고 본격적으로 토론을 벌인다. 나는 민이가 점심을 먹으면 꿈나라로 가거나, 혹은 두 아이들이 가만

263

히 있지 못하고 왔다 갔다 하는 통에, 대부분의 토론 시간
에 참석할 수 없었지만, 남편은 매일 여러 가지 주제로 나
눈 이야기를 통해 많은 것을 배우고 느꼈다고 한다.

점심 식사 이후는 모두 함께 가사 일과 노동을 하는
시간인데, 그때도 함께 일하는 사람들과 대화를 나누고,
그 대화는 곧 오후 4시부터 이어지는 티타임까지 계속되
곤 했다. 어떤 날은 함께 영화를 보고, 영화 내용에 대해
대화를 나누기도 했다.

이렇듯 라브리는 서로 질문하고 답하면서 함께 인생
과 세상에 대한 답을 탐구하는 곳이다. 그러니 말을 못하
면 대화와 토론에 참여할 수가 없고, 그러면 이곳에 온 의
미가 사실은 무색해진다. 남편은 2주쯤 지나니 이제 좀
영어가 들리기 시작한다며 긴장감을 내려놓기 시작했고,
사람들과 잘 어울리며 라브리의 여러 일정들을 나름대로
소화해 갔다. 문제는 나였다. 대학교 1학년 때 교양필수
로 들었던 영어수업 이후로, 영어와는 담을 쌓고 살았던
나로서는 15년 만에 다시 만나는 영어도, 낯설기만 한 외
국인들도 너무나 멀게만 느껴졌다. 아무런 준비 없이 이
곳에 온 것이 그렇게 한스러울 수 없었다.

안 그래도 낯가림이 심하고 내성적인 성격인데 언어
까지 자유롭지 못하니, 하고 싶은 말도 할 수가 없고, 그러

다 보니 우울감이 더해 갔다. 급기야는 그곳에 온 지 2주쯤 된 어느 날, 꾹꾹 눌러 왔던 외로움과 답답함이 폭발했다. 숙소에서 두문불출한 채 눈물을 뚝뚝 흘렸다. 내가 여기에 왜 왔나 싶고, 이제 정말 한국에 돌아가고 싶다는 마음뿐이었다. 아이들은 아이들대로, 나에게 기쁨이기도 했지만, 여전히 힘든 존재이기도 했다. 겸이는 계속 밥을 잘 먹지 않으려 했고, 여태껏 잘 가리던 소변도 이상하게 가리지 못하고 옷이나 기저귀에 싸버리곤 했다. 달라붙어 떨어지지 않으려 하는 심한 분리불안도 여전해서 나는 무척이나 힘들었다. 더구나 그곳에 머무는 다른 나라 아이들과 우리 아이들이 잘 섞이지 못하고 때때로 소외당하는 모습을 보면서 엄마로서 속상한 마음이 점점 더 커져 갔던 것 같다.

그날 그렇게 숙소에서 창밖을 내다보며 울면서 마음이 무척 무거웠다. 내가 여기에 온 목적과 뜻이 분명 있을 텐데, 그게 뭔지 알 수가 없었다. 내 머리로는 도무지 답이 나오지 않는 상황이었다.

그러던 어느 날, 남편이 말했다.

"여보, 오늘은 나 대신에 당신이 아침 기도회에 참석하는 거 어때?"

"글쎄, 내가 꼭 가야 해?"

 주일 오전엔 각자가 원하는 근처 교회에
가서 예배를 드리고, 오후를 자유롭게
보낸 후, 저녁 식사를 함께한다.
이날은 특별히 날씨가 좋아, 정원에서
저녁식사를 했다.

 종종 앉아 쉬던 나무 벤치. 이 나무는
얼마나 오래 여기 있었을까? 얼마나
많은 사람들의 이야기를 엿듣고,
말없이 제 몸을 내주었을까?

↑
서서히 노을이 지던 어느 늦은 오후,
열기구 하나가 둥실 떴다. 인근에 열기구
타는 곳이 있었나 보다. 그때 찾아가서
나도 한번 타볼 걸, 지금도 아쉬움이 남는다

"그냥 가만히 있으면 돼. 눈 감고 같이 기도하면 돼. 한번 가봐."

떨리는 마음으로 처음 참석한 아침 기도회. 피아노가 놓인 작은 거실에 사람들이 둘러앉아 기도하고 싶은 내용을 이야기하기 시작했다. 그런데 사람들이 기도제목으로 내놓은 것들이 내 기준으로는 참 엉뚱하고 사소했다.

"따뜻한 날씨가 계속되고 있는 것에 감사합니다."

"정원 나무들이 예쁘게 꽃을 피워서 감사하고 싶어요."

"지난주에 읽고 싶었던 책을 다 읽을 수 있게 해주셔서 감사해요."

난 '뭐, 저런 사소한 일 따위를 감사하다고 하는 거야? 참 별나기도 하네' 싶었다. 나 같으면, 혹은 우리나라 사람들이라면 창피해서 저런 기도제목은 못 내놓을 텐데. 별로 중요하지도 않아 보이는 것들을 스스럼없이 진지하게 이야기하는 외국인들이 신기해 보였다. 어쨌든 겨우 알아듣는 것 반, 도무지 못 알아듣겠는 것 반. 혹시 돌아가면서 기도 시키면 어쩌나 마음 졸였는데 다행히 그런 일은 없었다. 조용히 다른 사람들 기도할 때 눈 감고 "아멘"만 했다.

그런데 그냥 그렇게 별일 없이 지나갈 뻔했던 기도

회가 끝나갈 때, 그날의 사회자였던 던이 노래 가사가 적힌 작은 종이쪽지를 돌리며 찬양을 하자고 했다. 〈None Other Lamb〉이라는 찬양이었다. 그런데 어렴풋이 이해되는 가사 내용 사이사이에서 내 마음에 깨달아지는 것이 있었다. 나름 해석해 본 가사는 이랬다.

> 다른 양, 다른 이름은 없습니다.
> 하늘이나 땅, 바다에서 다른 희망도 없습니다.
> 내 죄와 부끄러움을 피해 달아날 다른 곳도 없습니다.
> 오직 당신밖에는 없습니다.
>
> 내 믿음, 내 희망이 모두 타버리고
> 내 가슴 깊은 곳에서 울음이 터져 나옵니다.
> 절실한 갈망과 깊은 고민이 계속될 때 당신만을 찾습니다.
>
> 내가 죽음 가운데 있을 때, 당신은 생명으로 오십니다.
> 내가 한없이 차가울 때, 당신의 사랑이 불꽃으로 타오릅니다.
> 하늘 아래 그 어디에도 내 머리를 누일 곳이 없습니다.
> 오직 당신밖에는 안식처가 없습니다.

내가 이곳에 온 목적이 무엇인지 계속 하나님께 질문

했는데, 그 답을 주시는 것 같았다. 나는 나만의 목적을 세우고, 즉 겸이가 좋은 자연환경 속에서 따뜻한 사람들의 집중적인 관심을 받는 가운데, 전보다 더 밝아지고, 더 말도 잘하게 되고, 사람들과도 잘 어울리게 되기를 바라는 마음으로 이곳에 왔다. 좋게 말하면 소망, 나쁘게 말하면 그런 착각을 가지고 이곳에 온 것이다. 그런데 그런 내 목적이 기대만큼 충족되지 않자, 축 처져서 푸념과 원망을 늘어놓고 있는 내 자신을 보게 되었다. 어쩌면 애초에 그런 내 계획은 엉뚱한 것이었고, 혹은 별로 중요하지 않은 것일 수도 있다는 생각이 들었다.

이곳에 나를 이끄신 분의 목적은, 내가 아이들을 위해서 지금 당장 뭔가 해야만 한다는 압박감과 부담을 내려놓는 것 아니었을까? 쉼과 안식을 누리는 가운데 하나님께 집중하고 그분과의 관계를 더 깊게 하는 것이 더 중요한 것이 아닐까? 스스로 뭔가 할 수 있고 해야 한다는 교만한 생각도 버려야 했다. 내가 하루아침에 영어를 잘하는 사람으로 변할 수 없듯이, 아이도 하루아침에 자폐적 성향들을 벗어 버리고 금방 친구를 사귀는 사람이 될 수 없을 것이다. 나는 처음부터 되지도 않을 무리한 욕심을 부리면서, 스스로 우울과 좌절감에 빠져 있었던 것이다. 여기서 할 수 있는 일, 해야 할 일은 내 좁은 생각을

↑
이날은 미국에서 온 한 가정이 2주 정도를 머물다 떠나는 날이었다.
왼쪽에 맨발로 앉은 여자아이는 던 간사의 딸 조조이고, 나머지 사남매는
미국 아이들이었는데, 홈스쿨링을 하고 있었다. 모두 밝고 쾌활한 성격의 아이들이었다.

넘어서는 것이었다.

사람들과 조용히 찬양을 부르다가 이 사실을 깨닫게 되었다. 그 순간, 마음에 평안이 왔다. 영어를 못하는 것도 더 이상은 우울하지 않았고, 아이들이 다른 아이들과 함께 잘 어울리지 못해도 상관없었다. 그저 이 좋은 햇살과 나무와 꽃들 속에서 나와 아이들이 아름다운 세상을 온전히 느끼며 숨 쉴 수 있음이 감사했다. 비록 많은 말을 나누지는 못해도 이곳 사람들과 인사를 나누고 미소를 나누는 것으로 만족하는 마음이 생겼다.

나의 튜터였던 던은 매우 밝고 따뜻한 사람이었다. 라브리 간사로서 자신의 집을 개방해서 일주일에 몇 번씩 십여 명의 사람들을 초대해 식사를 대접하는 일, 튜터링을 맡고 있는 사람들과 매주 만나서 대화를 나누는 일, 그러면서 세 아이를 양육하는 엄마로서의 일까지, 그 모든 일을 감당하면서도 늘 그 예쁜 얼굴에 미소가 떠나지 않는 사람이었다. 나 같은 사람은 정말 엄두도 낼 수 없는 그 많은 일들을 즐겁게 해내는 던의 모습은 그야말로 존경스러웠다.

그런 던과 화요일 오후에 한 번씩 만나 나누는 대화는 참 좋았다. 마노아 하우스 2층에 있던 그의 집 작은 서재의 소파에 마주 보고 앉아 따뜻한 차 한 잔을 마시며 일대일로 나누었던 이야기들은 굳어 있던 내 마음을 부드럽게 녹여 주었다. 나의 내성적인 성향도 하나님께서 주신 것이니 죄의식이나 부끄러움을 갖지 말라고, 방 안에서 가족끼리의 시간을 갖는 것도 얼마든지 괜찮다고 말해 주었을 때, 사람들의 다름과 연약한 부분을 이해하고 배려하는 그 마음이 얼마나 고마웠는지 모른다. 그리고 겸이의 발달장애에 대해 이야기하면서 복받치는 감정을 이기지 못해 결국 펑펑 눈물을 쏟아 버렸을 때, 던은 진심으로 같이 눈물을 흘려 주었다.

지금 다시 생각해 보면, 당시 나는 겸이의 장애에 대해 의사로부터 전해 들은 지 얼마 되지 않은 때였고, 그래서 그것을 온전히 수용하고 인정하면서 내 죄책감까지 극복해 가는 과정의 한가운데에 있었던 것 같다. 사람들에게 겸이의 평범치 않음에 대해 설명해야 할 때, "My son is autism.(내 아들이 자폐증이에요)"이라는 말을 어색한 미소를 지으며 해야만 할 때, 속에서 울컥울컥 뭔가가 올라오면서 예외 없이 눈물이 쏟아지던 그런 때였다. 누군가는 말로, 누군가는 등을 토닥여 주는 것으로 위로를 건네긴 했지만, 그때 마치 자기 아이의 일처럼 눈시울을 붉히며 같이 울어 주던 던의 모습은 내게 정말 큰 위로가 되었다. '사람과 사람이 마음을 나눌 때 이렇게 나눠야 하는구나'

라는 것을 그를 통해 배웠다.

던은 아이들 양육에 대해서도 구체적인 조언들을 해주었는데, 아이들의 식습관은 어떻게 들여야 하는지, 체벌에 대해서는 어떻게 생각하는지, 언제쯤 아이들을 부모와 따로 재울 수 있는지 등등 어떻게 보면 사소할 수도 있는 내 질문들에 대해서 쉬운 영어로 천천히 일러주곤 했다. 완벽한 환경, 완벽한 부모, 완벽한 교육은 없다고, 솔직히 우리는 그렇게 완벽한 사람이 될 수 없다고 던은 강조했다. 그래도 우리는 부모로서 아이에게 최선의 것을 선택하여 공급해 줄 의무와 책임이 있다고 했던 그녀의 말들은 실제로 그런 부모로서의 삶을 경주하고 있는 엄마의 입장에서 하는 말이었기에 들을 때마다 고개가 끄덕여졌고, 깊은 울림이 있었다.

여행 도중에 읽으려고 한국에서 구입해 들고 갔던 책 몇 권이 있었는데, 그중 하나가 바로 《아이들을 위한 라브리 가정교육》이라는 수잔 쉐퍼의 책이다. 나는 오전 공부 시간마다, 이 책과 이 책의 원서인 《For the Children's Sake》를 비교해 가면서 함께 정독하는 시간을 가졌는데, 읽으면 읽을수록 아이들을 하나의 인격체로 존중하고 사랑하며, 그들에게 가장 가치 있는 것들을 공급하는 교육이 얼마나 중요한 것인지 알게 되었다. 남편 또한 틈틈이

274

같은 책을 읽으면서 이야기를 같이 나누었고, 아이들 교육과 양육에 대해서 고민해 보게 되었다.

　그러는 가운데 이곳에서 섬기고 있는 간사들, 우리처럼 라브리에 머물다 가는 가정들 중에 '홈스쿨링'을 하는 이들이 많다는 것을 알게 되었고, 그들로부터 구체적이고 실제적인 조언과 격려를 얻게 되었다. 이곳에 오기 전까지는 전혀 생각하지 않고 있던 '홈스쿨링'에 관해 이처럼 구체적으로 관심을 갖게 된 것이 신기하면서도, 그저 우연은 아닐 것이라는 느낌이 들었다. 아직은 분명치 않았다. 그리고 아주 긍정적으로 홈스쿨링에 대한 관심을 넓혀 가던 남편과 달리, 나는 두렵고 주저하는 마음이 많았다. 아이들에게 좋은 가르침을 전달하기 위해 부모가 노력하고 많은 시간을 할애해야 한다는 것에는 당연히 찬성하고 있었지만, 그것이 온전히 나의 책임과 희생을 의미하는 것이라면 그것만은 피하고 싶다는 생각이 공존했다. 어서 빨리 아이들이 자라서 나에게서 떨어져 주면 고맙겠다는 생각이 간절하던 때였다. 그러니 학교를 보내지 않고 스물네 시간 아이들을 집에 데리고 있어야 한다는 생각만 해도 고개가 저절로 옆으로 흔들렸다. 나에겐 그렇게 아이들을 바르게 사랑할 능력도, 인내심도, 체력도 모자라다고 생각했다. 남편은 제안했다.

"우리도 홈스쿨링을 하면 어떨까?"

"글쎄. 난 아직 모르겠어. 그게 우리 아이들에게 꼭 필요한 건지. 내가 잘할 수 있을 거라는 자신도 없어."

"그래도 생각은 해보자. 그리고 한국에 가서 한번 알아보고 결정하자."

"그래요, 그럼. 한국에 가서 좀 더 알아보고 다시 생각해 봅시다."

이렇게 말하면서도, 내 마음속 부담감이 사라지지 않는 한, 나는 결코 홈스쿨링을 하지 않을 거라고 생각했다.

어쨌든 라브리에서의 시간은 이렇게 우리 가족에게 새로운 고민거리 하나를 던졌다. 물론 그 외에도 우리가 그곳에서 얻은 것들이 여러 가지 있지만, 아이들을 키우고 가르치는 새로운 방식, 낯설고 두렵지만 그렇다고 무조건 거부할 수도 없는 '홈스쿨링'이라는 분야에 대해 전에 없던 호기심과 관심이 생겼다는 것. 그것이 이후 우리의 삶을 어떻게 바꿔 놓을지 그땐 미처 몰랐다.

5년이 지난 지금, 돌아보면 참 신기하고 놀랍다. 그 '홈스쿨링'에 우리가 진짜 뛰어들었다니! 우리 인생에서 어떤 만남과 어떤 사건이 중요하고 중요하지 않은지, 그 당시엔 잘 모를 수 있다. 하지만 시간이 지난 후 보면, 사소해 보였던 어떤 일들이 우리의 인생을 바꿔 놓을 수도 있다는 것을 경험하게 된다. 그래서 오늘 만나는 어떤 사람이라도. 어떤 일이라도 소홀히 할 수 없다는 것을 배운다. 나이를 먹어 가며 어른이 된다는 건 그런 경험을 쌓아가는 것의 또 다른 표현인가 보다.

부모의
죄책감

라브리 일정에 여유가 있을 때마다 남편과 내가 자주 가는 산책로가 있었는데, 양옆으로 나무와 덤불들이 우거진 한적하고 조용한 길이었다. 이런 여유 있는 산책길에서 한번은 남편이 겸이와 나눈 대화에 대해 감격해하며 이야기를 꺼냈다.

"여보, 나 우리 첫째랑 진짜 중요한 대화를 나눴어. 오늘 아침에 겸이가 내가 자던 간이침대로 내려와서 잠들기에 팔베개를 해주었는데, 그때 갑자기 내 마음속에 겸이한테 사과를 해야겠다는 생각이 들더라고. 조금 후에 겸이가 눈을 뜨기에, '아빠가 겸이한테 할 말이 있는데 들어 줄래?'라고 말하니까 겸이가 날 쳐다보더라. 그래서 '아빠가 겸이가 아주 어렸을 때, 고집부리고 소리 지를 때마다 엄마 아빠 말 안 듣는다고 못 움직이게 꽉 붙잡고 네 손등 때리고 그런 적 있었잖아. 그때는 아빠가 겸이가 다른 아이들과 다르고 또 아빠 말을 잘 이해하지 못해서 그런다는 걸 몰랐어. 겸이의 마음을 잘 생각해 보지 않고 너무 심하게 대한 거 아빠가 정말 잘못했어. 진심으로 사과할게. 아빠를 용서해 주겠니?'라고 천천히 말했어."

"그래? 그랬더니 겸이가 무슨 반응을 보였어?"

"응, 겸이가 내 말을 끝까지 듣더니 '그래. 아빠!'라고 했어. 진짜야! 당신도 알다시피 겸이가 내 말을 그렇게 진지하게 들어준 것도 처음이었고 또 말을 다 들은 다음에 딴소리 안 하고 그렇게 정확하게 대답해 준 것도 처음이었어. 처음으로 겸이랑 마음이 통하는 대화를 나눈 것 같아. 그리고 겸이가 용서를 한다고 대답해 줘서 너무 기뻤어. 너무 감격스럽고 고마워서 당신이 아직 자는 동안, 나 혼자서 한참 울었다니까."

"그랬구나. 그런 일이 있었구나. 잘했네. 우리 겸이 진짜 고맙다."

라브리에서 남편은 오래전 자신이 저질렀던 잘못에 대해 아이에게 직접 사과하는 시간을 가진 것이었다. 남편은 이날 아이와 '인격 대 인격의 만남'을 가지면서 관계를 회복했고, 아빠로서 또 어른으로서 한 걸음 더 나아간 것 같다고 고백했다. 참 감사한 일이었다.

우리는 사실 겸이에게 잘못한 게 많았다. 겸이가 우리의 말을 잘 이해하지 못해서, 자기의 의사를 언어로 잘 표현할 수 없어서 저지를 수밖에 없었던 실수나 어떤 행동들을, 그저 눈에 보이는 대로 판단하는 오류를 범했다. 우리의 무지에 대한 부끄러움, 아이에 대한 미안함이 진실로 컸다.

아이의 장애를 맞닥뜨리게 되는 부모는 그 누구라도 이런 죄책감 혹은 자책감의 터널을 지날 수 있다. 단순히 미안함의 감정을 넘어, 부모의 어떤 잘못이 아이의 장애를 초래한 것 아닌가 하는 생각 때문에 고통스럽다. 하지만 우여곡절 끝에 그 터널을 빠져나온 지금의 나는, 아이의 장애는 창피하거나 수치스러운 일도 아니고, 내 잘못 때문에 장애가 생긴 것도 아님을 확실히 안다. 아이는 지금 모습 그대로 존중받아야 할 인격체이며, 온 천하보다 귀한 한 생명이고, 우리 가족에게 주신 가장 귀한 보물임을 이제는 잘 안다. 나의 모자람도, 부족함도 다 아시고 내게 맡기셨으니, 그분께서 끝까지 책임져 주실 것도 믿는다.

나무 위의
집과 토끼잡이

라브리

5월과 6월에 라브리에 머물렀던 건, 정말 탁월한 선택이었다. 사방 어디에나 넘실대는 순한 초록이들 때문이다. 바닥에 깔린 푹신푹신한 잔디들, 아이들이 달려들어 올라가도 꿈쩍하지 않는 굵은 등걸의 오래된 나무들, 어른 주먹만 한 꽃들이 탐스럽게 달려 있는 꽃나무들, 울타리 바로 너머 목장의 말들까지. 이렇게 멋진 풍경을 매일매일 누릴 수 있다니, 정말 기가 막히게 좋은 날들이었다.

예전부터 서양 영화를 보면서, 내가 부러워했던 것이 하나 있다. 바로 아이들이 나무 위에 지어진 작은 오두막 집을 아지트 삼아 친구들과 노는 장면이다. 그곳에 자기만의 보물을 숨겨 놓기도 하고, 친구들과 함께 이런저런 게임을 하거나 혹은 어른들을 놀래어 줄 계획도 짜는 곳,

그런 곳이 서양 영화에는 종종 등장하곤 했다. 그런데 영화에서만 보았던 그 '나무 위의 집(tree house)'이 라브리에 실재하고 있었다. 영화에서처럼 깔끔하고 멋들어지게 지어진 집은 아니었지만, 그 비슷한 모양으로 어떤 실체가 존재한다는 사실만으로도 내 로망을 채우기엔 충분했다. 튼튼해 보이는 나무에 사다리를 하나 세워 놓고, 큰 가지 위에 나무판자들을 올려서 일종의 평상처럼 꾸며 놓은 것이었다. 아마도 오두막집을 만들어 보려고 시도하다가 도중에 중단한 것 같았다. 민이는 아직 사다리를 타고 올라가는 걸 어려워해서 남편이 목마를 태워 위로 올려 주곤 했고, 겸이는 씩씩하게도 직접 사다리를 타고 나무에 오르곤 했다. 아이들은 나무 위 평상에서 솔방울도 던지고, 도토리도 던지며 놀았다.

그뿐만이 아니었다. 굵은 나뭇가지에 밧줄을 걸고 매달아 놓은 그네도 있었는데, 어른들이 타도 될 만큼 튼튼해서 나도 종종 하늘을 올려다보며 타곤 했다. 그네 옆에는 아이들을 위해 마련해 둔 큰 트램펄린도 있어 언제든 방방 뛰며 놀 수 있었다. 피터와 던 간사네 아이들 세 명, 우리 아이들 두 명, 그리고 2주 정도 머물다 떠났던 미국 아이들 네 명. 국적도, 나이도 다 제각각인 아이들이 그냥 저냥 설렁설렁 어울리며 지냈다. 우리 아이들이 영어를

←
나무 위의 집(?)이라고까지 하긴 뭐하고,
평상 정도로 부르면 될까? 나는 차마
부서질까 무서워 못 올라갔지만,
겸이는 아빠나 이모들과 함께 종종
이곳에 올라가 놀곤 했다.

한 마디도 못하는 게 아쉽긴 했지만, 그래도 말 없이 노는 게 아이들 특기니까 괜찮았다. 같이 트램펄린을 뛰거나, 종종 말이 필요없는 낚시놀이를 하거나, 집 없는 달팽이 같은 걸 발견하면 "우와!" 같은 만국 공통어를 남발하며 몰려다니곤 했다.

라브리에서 우리 아이들이 가장 사랑했던 것은 토끼 가족이었다. 엄마, 아빠 토끼뿐 아니라, 아기 토끼들이 여섯 마리나 있었다. 재미있는 것은 토끼장이었는데, 라브리에서는 세모 지붕 모양으로 만들어 놓은 이동식 토끼장에 토끼들을 넣어서 풀밭에 놓아두곤 했다. 그런데 그 토끼장은 바닥이 뚫려 있다는 점이 색다르다. 토끼들이 토끼장 밖으로 달아나진 못하지만, 신선한 풀을 마음껏 먹을 수 있었고, 토끼들이 토끼장 범위 안의 풀을 다 뜯어 먹으면, 토끼장을 조금씩 살살 끌어서 다른 곳으로 옮겨 주면 되었다. 그렇게 두세 시간에 한 번씩 토끼장을 이곳 저곳으로 옮겨 주면서 귀여운 토끼들을 실컷 보며 놀았는데, 가끔은 토끼들을 살짝 꺼내서 아이들 품에 꼭 안겨 주기도 했다.

그런데 그러다가 실수로 토끼를 놓치기라도 하면, 그 넓은 정원에서 토끼잡이가 시작되곤 했다. 어른들도 아이들도 발 빠른 토끼를 잡으러 이리 뛰고 저리 뛰는데, 한참 열중해서 뛰다 보면 세상에 그렇게 재밌는 놀이가 또 있을까 싶다. "이쪽이야, 이쪽! 아니 저쪽! 저기라고!" 이렇게 외치며 방향을 알려주고, 겸, 민이까지 올망졸망한 발로 정원 사방을 우르르 뛰어다니는 모습은 보기만 해도 웃음이 절로 터져 나온다. 라브리에서는 토끼뿐만 아니라 닭들도 키웠는데, 우리 아이들은 무서워서 못 들어갔지만, 피터네 아이들은 종종 닭장에도 들어가 닭들이랑 뛰어놀기도 했다.

나와 남편은 오전과 오후, 번갈아 가며 공부하고 일도 해야 했지만, 아이들은 그저 매일매일 하는 일이 노는 거였다. 방 안 책장을 사다리처럼 오르내리며 놀고, 우리 방 벽장 안에 이전의 방문객들이 놓고 간 장난감들을 꺼내서 놀고, 방에서 그림을 그리거나 책을 보며 시간을 보냈다. 그러다 지루해지면 정원에서 꽃과 벌레들을 관찰하고, 마을을 산책하고, 놀이터에 가고. 오후엔 방에서 낮잠을 늘어지게 자고, 또 일어나 나가 잔디밭을 뒹굴고. 특별한 일 없이 시간은 천천히 흐르고, 그렇게 하루하루를 보냈다.

우리야 방문객이고 여행객이니, 이렇게 아이들을 놀리는 것이 당연한 하루 일과였다고 하겠다. 하지만 내가 놀랐던 건, 그곳에 살고 있는 아이들 또한 우리랑 별반 다

튼튼한 나무 기둥에 밧줄 두 개 묶어 놓은 그네. 밧줄이 길어서 왔다 갔다 이동하는 폭이 꽤 컸다. 감각통합치료 시간에 자주 그네를 타곤 했었는데, 여기가 딱 최고의 치료실이었다.

↓
라브리에서 며칠 지내다 보면 아이들도 어른들도 맨발로 돌아다니는 걸 개의치 않게 된다. 아무 데나 철퍼덕 앉아 책을 읽거나 공을 차고, 이렇게 무슨 놀이든 할 수 있다.

←
이날은 오후에 어른들이 집 보수 작업을
하던 날. 나무를 실어 나르는 수레에
자리 잡고 앉아, 허허탈 같은 미소를
지어 보이던 민이.

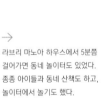
→
라브리 마노아 하우스에서 5분쯤
걸어가면 동네 놀이터도 있었다.
종종 아이들과 동네 산책도 하고,
놀이터에서 놀기도 했다.

→
라브리의 토끼들. 아이들이 민들레 잎을
뜯어다 주면 어찌나 오물오물 잘 먹던지.

를 바 없는 하루를 보낸다는 데 있었다. 피터와 던 간사의 세 아이들인, 일곱 살 조조, 다섯 살 네드, 두 살 윌리엄은 우리 아이들보다 훨씬 더 열정적으로 더 창의적으로 뛰어 노는 아이들이었다. 피터와 던은 이 세 아이를 유치원이 나 학교에 보내지 않고 홈스쿨링을 하고 있었는데, 이 삼 남매는 고삐 풀린 망아지들처럼 통통 뛰어다녔고, 두 눈 가득 호기심과 장난기를 품은 채 라브리 이곳저곳을 헤집 고 다니는 자유인들이었다.

첫째인 조조가 한국 나이로는 벌써 초등학교에 입학 했을 나이였지만, 자기 이름조차 알파벳으로 쓰지 못한다 는 말에 조금은 충격을 받았다. 더 놀라운 것은 그럼에도 불구하고 엄마인 던이 조금도 걱정하는 기색이 없다는 거 였다. 오히려 던은 놀라는 내 표정을 보며, "No problem!" 이라면서 해맑게 웃기까지 했다! 아이 스스로 읽고 쓰고 싶어질 때가 자연스럽게 올 것이고, 그러면 그때 가르쳐 도 늦지 않다며 말이다. 지금은 더 많이 뛰어놀고, 라브리 에 찾아오는 다양한 사람들과 편하게 어울리며 지내는 것 이 더 중요하다고 덧붙였다. 던은 나에게도 아이를 키울 때, 마음의 초조함을 버리고 아이를 믿고 기다려 주라고 말했다.

지금도 던과의 그 대화가 기억에 남는다. 아이를 보

며 답답한 마음, 채근하는 마음, 남들을 앞지르진 못할지 언정, 너무 뒤떨어져서도 안 된다는 생각으로 조바심이 날 때마다, 나는 ABC도 쓸 줄 모르던 일곱 살 말괄량이 아가씨 조조와, 그런 딸을 향해 어깨를 으쓱거리며 웃어주던 엄마 던의 모습을 떠올린다. 그러면 어느새 나의 욕심과 조급함이 저 하늘 너머로 훌훌 날아가 버린다.

바닷물에
들어가는 단계

니들스 해변

매주 목요일은 'Off Day'라고 해서 아무 일정이 없었다. 우리 가족은 이날을 이용해서 영국에 살고 있는 지인을 방문하기도 하고, 런던을 비롯해서 옥스퍼드나 포츠머스처럼 가까운 도시들을 당일치기로 다녀오기도 했다. 이때의 짧은 여행에는 생기발랄한 아가씨 두 명이 우리와 함께하곤 했는데, 마침 우리와 같은 시기에 라브리를 방문한 한국인들이었다. 무역회사를 다니다가 잠시 쉬는 사이 여행을 온 경진 씨와 대학에서 스페인어를 전공하고 있던 다솔 씨. 이 두 자매를 만나서 어찌나 반갑고 기쁘던지. 드디어 남편 말고, 한국말로 대화를 나눌 수 있는 사람이 생겼구나! 우리 아이들도 경진 씨와 다솔 씨를 "이모, 이모!"라고 부르면서 많이 따랐는데, 여행에서 돌아온 이후에도 가끔 연락하며 안부를 묻는 소중한 인연이 되었다.

하루는 다솔 씨와 함께 포츠머스와 와이트 섬 여행을 떠났다. 라브리가 있는 곳에서 포츠머스까지는 차로 30분 거리. 포츠머스는 영국 해군이 이용하는 항구로 긴 역사를 갖고 있는 마을이다. 영국 해군 기지 안에 '포츠머스 히스토릭 독야드(Portsmouth Historic Dockyard)'라는 유명한 관광지가 있는데, 제일 먼저 우리의 눈길을 끈 건 1805년 트라팔가 전투에서 넬슨 제독이 탔던 군함 'HMS 빅토리 호'였다. 만들어진 지 200년도 더 된 배가 지금껏 이렇게 건재하다니, 당장이라도 바다에 띄우면 배가 앞으로 나갈 것 같았다.

내부 전시관은 입장료를 따로 받고 있어서 굳이 들어가지 않았다. 포츠머스 구경은 그 정도로 마치고, 항구에서 페리를 타고 와이트 섬으로 떠났다. 여름이 되면 많은 관광객으로 북적인다는 리조트 섬이다. 섬에 도착해서 곧바로 빅토리아 여왕의 별장이라는 오스본 하우스로 향했다. 잘 가꿔진 정원에서 가져온 점심 도시락을 먹었지만, 별장 안을 둘러보는 건 포기했다. 사람도 많아 혼잡한 느낌인 데다 입장료도 비쌌다.

역시 아이들과는 밖을 다녀야 제 맛. 섬 서쪽에 있는 니들스 해변에 가보기로 했다. 그곳에는 우리네 인천 월

미도 놀이동산을 떠올리게 하는 작은 규모의 '니들스 파크'가 있다. 리프트를 타면 바닷가로 곧장 내려갈 수 있었다. 그런데 세상에! 이 리프트는 절벽만큼이나 경사가 급한데, 엎친 데 덮친 격으로 리프트에 벨트도 없고, 아래 안전 그물망도 없었다. 와우! 스릴만점! 아이들을 꼭 끌어안고 내려오는데, 심장은 벌렁거리고 두 손은 부들부들 떨렸다.

아이들은 다솔 이모랑 신나게 모래사장을 걷고, 뛰고, 모래놀이를 하며 놀았다. 그러다가 한 사람씩 신발과 양말을 벗고 잔잔한 바닷물에 발을 담가보기 시작했다. 마지막까지 바닷물에 들어가지 못한 사람은 누구? 당연히 겸이!

"겸아, 바닷물에 발 담가 보자. 발만 담그는 거야. 엄청 시원하고 재밌어."

"싫어요."

"이모랑 같이 가자. 한 번만 해보자."

"싫어요."

"하나도 안 무서워. 파도도 잔잔해."

"……."

이 아름다운 바닷가에 왔으니, 한번 시도해 볼 만했다. 바다를 배경으로 사진 한번 찍자고 하니 오케이 했다.

292

자갈밭에 앉아 돌멩이만 던지고 있던 아이를 일으켜 세우고 바다를 배경으로 첫 번째 사진을 찍었다. 일어선 김에, 내가 아이의 점퍼와 신발, 양말을 벗기고 반바지를 걷어 올려 주었다.

"겸아, 이렇게 옷 올렸으니까 이제 안 젖어. 발가락만 담가 볼까?"

아이는 선뜻 발을 담그지 못한 채 바라보고 서 있었다. 보고 있던 다솔 씨가 다가와 아이의 손을 잡았다. 이때 서두르면 안 된다. 휙 몸을 돌려 도망가 버리면 꽝이다.

"겸아. 조금만 더 앞으로 가볼까. 한 발짝만 더."

그렇게 아이는 이모와 함께 바닷물에 발을 담갔다. 살랑거리는 파도가, 시원한 바닷물이 아이의 발가락을 간질였다. 싫지 않았나 보다. 두 발을 살짝 첨벙거려 본다. 물이 튀겼다며 바지를 벗겨 달라 했다. 그래그래, 벗겨 주고 말고. 에라, 주변에 보는 사람도 없네? 아예 속옷까지 다 벗어라! 위에 반팔 티셔츠만 입혀서 다시 보냈다. 이번에는 좀 더 적극적으로 들어갔다. 무릎을 지나 허벅지까지 물에 잠겼는데 아이가 웃었다. 아빠와 함께 물방울도 튕기며 환하게 웃었다. 이렇게 겸이는 난생 처음 바닷물에 몸을 담갔다.

많이 변했다. 무조건 안 한다고 버티기만 했던 아이

가, 이제 마음을 열고 하나하나 시도하고 있었다. 바닷물이 무섭다고 바라보기만 했던 아이가, 다리를 푹 담그며 물을 첨벙거렸다. 이곳 와이트 섬에서 겸이는 또 한 뼘 이렇게 자랐다.

아이는 나의 일부도, 아이 아빠의 일부도 아니고, 완전히 독립된 인격임이 분명하다. 하지만 그렇다고 모든 것을 스스로 판단하고 결정할 수 있는 성인도 아니다. 아이의 곁에는 그래서 성숙한 어른이 필요하다. 혼자 헤쳐 나가기 어려운 일들 앞에서 머뭇거리고 있을 때, 적절한 도움의 손길을 내밀어 주는 존재가 필요하다. 그래서 아이는 또래와의 관계에서보다는 우선적으로 어른과의 관계 속에서 더 많은 것을 배운다. 엄마, 아빠는 물론, 그 외 주변 어른들을 통해 아이는 여러 가지 경험과 가르침을 얻는다. 아이에게 관심과 사랑을 보여 주는 어른이 많으면 많을수록 그 아이는 행복할 것이다.

라브리에 있는 동안, 경진 씨와 다솔 씨는 좋은 이모가 되어 주었다. 아이들에게 말벗도 되어 주고, 놀이도 함께 해주었다. 피터와 던 또한 우리 아이들에게 관심과 기도를 아끼지 않았다. 다른 많은 이들도 비록 언어가 통하지 않아 말로 표현하진 못했지만, 아이들을 사랑의 눈빛으로 바라봐 준 것만으로도 마음이 전해졌다. 어디 라브리뿐이겠는가. 부모와 친척은 아니지만, 곁에서 든든한 공동체로 함께해 주는 많은 이들이 우리 아이들의 이름을 기억하고, 때때로 안부를 묻고, 어려운 일이 있을 때 함께 기도해 준다. 그런 주변 어른들의 북돋움 속에서 아이들은 배우고 커간다. 나도 그렇게 내 주위에서 만나는 아이들에게 괜찮은 어른으로 기억된다면 좋겠다.

> 좋은 것을 본 사람이 좋은 것을 만들어 내고
> 따뜻한 말을 듣고 자란 사람이 따뜻한 말을 하게 될 것이며
> 아름다운 풍경을 발견할 줄 아는 사람은
> 자신의 아름다운 자리를 만들게 될 것이다.
>
> – 변종모, 《같은 시간에 우린 어쩌면》 가운데

엄마, 오늘은 또
어디 가요?

여행 후 꼭 3개월 만에 다시 만난 감각통합 선생님은 겸이가 전
보다 훨씬 밝아졌고, 새로운 환경에 대한 적응력이 높아진 것 같
다고 기뻐해 주셨다. 전에는 잘 하지 않으려 했던 일들도 이젠
스스로 용기를 내어 도전해 보는 등, 새로운 것에 대한 두려움,
그에 따른 이상행동들이 전보다 눈에 띄게 줄어들었다.

    7월 1일에 한국에 돌아온 우리는 8월 말에 병원을 다시 찾아
가 발달검사를 받았다. 겸이의 CARS(아동기 자폐증 평정척도) 검사
결과는 25점으로 1년 전에 비해 2.5점이 내려가 있었다. 뿐만 아
니라 "2013년과는 달리 낯선 환경 및 사람에 대한 거부적 반응
은 보이지 않았으며, 어머니와의 분리에도 어려움을 보이지 않
았음. 이전과는 달리 눈맞춤이 잘 이루어졌고, 환아의 이름을 부
르면 '네'라고 대답하였음. 칭찬을 해주면 함께 즐거워하며 웃
고, 검사에의 참여도 원활히 이루어지는 모습을 보였음"이라는
의사의 평가를 받을 수 있었다. 물론 여전히 아이의 말투는 부자
연스럽고, 의사소통에 있어 어려움도 많으며, 사회 성숙도는 또
래보다 1년 7개월 늦은 2세 10개월 수준에 속하고 있었지만, 그
래도 우린 기뻤다. '아직도 25점이나 돼?'라는 부정적인 생각보

298

다는 '2.5점이나 내려갔네! 정말 다행이다!'라는 긍정적인 마음을 가졌다.

지금 열 살이 된 겸이는?

예전보다 훨씬 의젓해졌고, 어떤 면에선 '평범'해졌다. 감각적인 예민함, 타인에 대한 두려움도 많이 없어졌다. 여전히 혼잣말하기를 좋아하고, 가끔은 저만의 세계에서 난데없는 웃음을 깔깔깔 터트리기도 하지만, 동생과 노는 것도 무척 좋아한다.

완벽하진 않아도 기본적인 언어적 소통이 가능해졌다. 제한적인 관심사에 따라 몇몇 문장을 줄기차게 반복하긴 하지만, 그 간격도 길어졌다. 한글공부를 시작한 지 1년 만에 받침 없는 글자를 읽을 수 있게 됐다. 지금은 받침 있는 글자도 눈에 익숙한 것은 잘 읽는다. 간단한 덧셈, 뺄셈도 배우는 중이다. 2년 여의 음악치료 덕분에 열 손가락을 이용한 간단한 피아노 연주도 가능하게 되었다. 관찰력과 기억력이 좋은 편이라, 한두 번 본 것을 그림이나 클레이로 뚝딱 만들어내는 데에도 소질을 보인다.

몇 년간의 준비와 고민을 거친 후, 지난 2년간 홈스쿨링에

도전했다. 원래 특정한 분야에 집중하는 걸 좋아하고, 개별적으로 맞춤형 교육을 받아야 하는 겸이에게, 또 규칙에 매이는 것보다는 자유롭고 창의적인 환경 속에서 훨씬 더 많은 것을 배우는 민이에게 홈스쿨링은 매우 유익하고 좋은 경험이었다. 여러 이유로 지금은 홈스쿨링을 멈추고, 인근 초등학교로 잠시 '전학(?)'을 보낸 상황이지만, 장기적으로는 홈스쿨링을 다시 이어갈 예정이다.

5년 전의 여행 이후로, 다른 사람들이 모두 당연하다 여기는 길에서 잠깐 벗어나더라도, 그것도 괜찮고 의미 있다 여기는 용기와 배짱이 생겼다. 덕분에 우리 가족의 선택이 조금은 남달라진 것 같다.

하나씩 더해지는 따뜻한 감각들

얼마 전, 아이들과 함께 시내에 있는 미술관을 관람하러 갔다. 전시실을 다 본 후, 한 잔의 커피와 빵을 사들고 4층 휴게실로 올라갔다. 테이블이 여섯 개쯤 놓여 있는 휴게실은 크기는 작았지만 창밖으로 강이 내려다보여 전망이 꽤 좋았다. 아이들을 앞세워 휴게실 가장 안쪽 테이블을 향해 들어가 자리에 앉았다. 그런데 그 순간, 바로 옆 테이블에 앉아 있던 한 청년이 불쑥 내게 손을 내밀었다. '어? 왜 그러지?' 하면서 손을 쳐다보니, 손가락에 건빵 하나가 들려 있었다.

그 순간 나는 그의 얼굴을 확인하기도 전에, 직감적으로 그가 장애를 가지고 있을 거라는 짐작을 할 수 있었다. 건빵 한 개를 집어 든 그의 손가락에서 장난기가 전혀 느껴지지 않았기 때문이다. 스무 살쯤 된 청년이 건빵 한 주먹도 아닌 딱 한 개만을, 그것도 처음 보는 여자에게 진지하게 건네고 있다는 건, 분명 평범하게 접할 수 있는 일이 아니었다. 그의 손에서 건빵을 받아 들고 겸이 입에 넣어 주며 "고맙습니다"라고 밝은 목소리로 인사를 했다. 그런 후 눈맞춤이 제대로 되지 않는 그의 눈동자를 보며 내 생각이 맞다는 걸 확인했다.

또 한 번 청년이 건빵 한 개를 건넸다. 그건 민이 입에 쏙 넣어 주었다. 청년이 또 건빵 한 개를 주었다. 그건 내 입에 넣었다. 그때마다 고맙다는 인사도 잊지 않았다. 이렇게 세 번 건빵을 건네고, 고맙다는 인사를 세 번 받은 후에야, 청년은 자기의 할 일을 다 마쳤다는 듯 몸을 돌려 앉았다. 그 과정 내내 한 번도 웃지 않았고, 말 한 마디도 내게 건네지 않았지만, 그의 마음이 그 누구보다 따뜻하고 예쁘다는 걸, 나는 알았다. 처음 보는 낯선 아이들에게, 또 아이들의 엄마에게 자기가 먹던 건빵을 나눠 주고 싶었던 그 청년의 순하고 착한 마음. 내가 겸이를 키우면서 이따금씩 느끼게 되는, 그런 맑고 고운 마음씨를 그에게서도 똑같이 느꼈다.

우리는 아무 일 없던 것처럼 각자의 테이블에 앉아 원래 하려던 일들을 했다. 그러면서 나는 나의 모습에 잠시 놀라움을 느꼈다. 예고 없이 튀어나온 두툼하고 낯선 청년의 손을 보면서, 내가 그렇게 빨리 그의 장애를 알아차렸다는 점, 그리고 조금도 당황하지 않았다는 점에서 말이다. 내가 발달장애를 가진 아이를 키우지 않는 사람이었다면 그럴 수 있었을까? 아니, 그러지 못했을 것이다. 예전의 나라면, 그렇게 빨리 직감적으로 알아차리지 못했을 것이다. 그리고 그렇게 편안하게, 아무 일 아닌 것처럼 그를 대하지도 못했을 것이다. 의도하지도, 애써 배우지도 않았는데, 나에게 어떤 감각이 자연스럽게 생겨난 것 같은 느낌이었다.

이런 나의 변화가 좋았다. 나와 다른 누군가를 이해하는 마음이 조금은 넓어지고 있구나, 라는 생각에 나 자신이 대견했다. 겸이 덕분에 내가 조금은 더 나은 인간이 되어 가고 있구나 싶어 아이에게 고마웠다. 한 인간으로서, 엄마로서, 내가 가야 할 길은 아직도 멀고 멀지만, 이날 확인했던 한 걸음의 진보가 참 기쁘고 자랑스러웠다. 앞으로도 겸이, 민이 이 두 아들을 통해 내가 더 많이 성숙하고 더 훌륭한 어른이 되어 갈 수 있을 거라 믿는다. 부모인 우리가 아이들에게 주는 것보다 어쩌면 아이들이 우리에게 주는 선물이 훨씬 더 큰 것 같다.

3개월이라는 긴 시간의 여행 경험은, 집 밖 생활에 대한 면역력을 키웠을까? 나의 경우는 타고난 성향을 바꾸기가 쉽지 않건만, 남편과 아이들은 낯선 곳으로의 떠남에 부쩍 익숙해진 모습이다. 유럽 여행 후, 특히 겸이의 몸 속 세포에는 '여행 DNA'가 생겨난 것 같다. 아이는 오늘 아침에도 어김없이 묻는다.

"엄마, 오늘은 또 어디 가요?"

느린 시간을 살아가는 아이와 90일간의 여행

유럽 가족 소풍
A Family Picnic in Europe

지은이 문지희
펴낸곳 주식회사 홍성사
펴낸이 정애주
국효숙 김의연 김준표 박혜란 송승호 오민택 오형탁
윤진숙 임진아 임영주 차길환 최선경 허은

2019. 6. 10. 초판 1쇄 인쇄   2019. 6. 20. 초판 1쇄 발행

등록번호 제1-499호 1977. 8. 1
주소 (04084) 서울시 마포구 양화진4길 3   전화 02) 333-5161   팩스 02) 333-5165
홈페이지 hongsungsa.com   이메일 hsbooks@hsbooks.com   페이스북 facebook.com/hongsungsa
양화진책방 02) 333-5163

• 잘못된 책은 바꿔 드립니다. • 책값은 뒤표지에 있습니다.
• 이 도서의 국립중앙도서관 출판예정도서목록(CIP)은 서지정보유통지원시스템 홈페이지(http://seoji.nl.go.kr)와
  국가자료공동목록시스템(http://www.nl.go.kr/kolisnet)에서 이용하실 수 있습니다.(CIP제어번호: CIP2019021138)

ISBN 978-89-365-0360-4 (03810)